TAKE
SHOBO

身代わりの新妻は伯爵の手で甘く囀る

すずね凜

Illustration
Ciel

身代わりの新妻は伯爵の手で甘く囀る

contents

イラスト／Ｃｉｅｌ

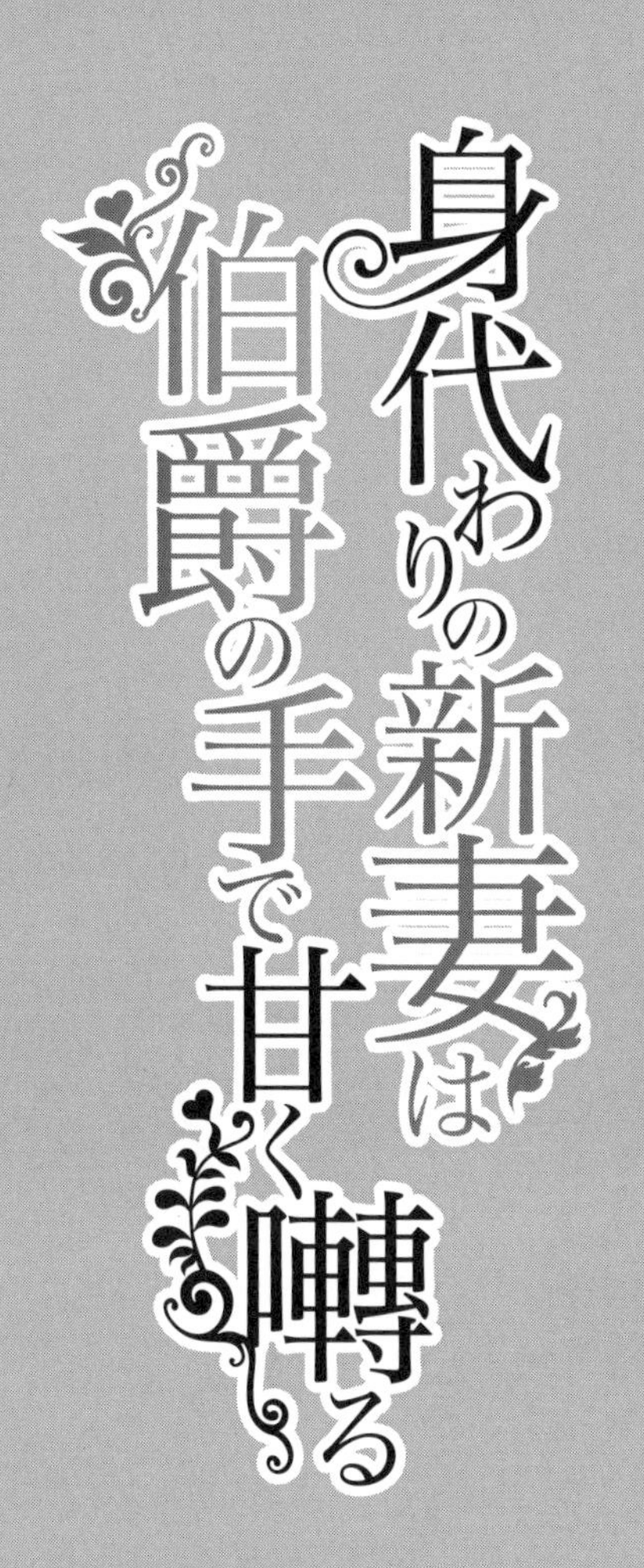
身代わりの新妻は
伯爵の手で甘く囀る

プロローグ

その朝、ローレンス・ブレア伯爵はひどく不機嫌であった。

取引先の首都中央銀行のお得意様顧客ブースで、担当者と金利の話をしながら、ローレンスは半分上の空で昨夜のことを思い出していた。

叔母であるジャクソン伯爵夫人の週末の夜会に招かれたローレンスは、晩餐の席順を見て、招待を受けたことを心から後悔したものだ。

両隣は、一族のお目付役である、ジャクソン伯爵夫人の行き遅れの姉妹のアンナ叔母とメアリ叔母。

向かいはブレア家の老人たちの中でも、一番頑迷で古臭い思想の持ち主のウィリアム男爵だ。

無言で席に着いたローレンスに、すかさず太り肉のアンナ叔母が話しかけてくる。

「ご無沙汰でしたね、ローレンス。あなた、今年おいくつになったかしら?」

「――先月で三十になりました」

「あらあ、もう男としてもそろそろ落ち着く歳(とし)よねえ――ところで」

ローレンスは来るぞ、と内心身構える。

「ご結婚はまだなのかしら」

ローレンスは冗談でごまかそうと、肩をすくめてみせる。

「なかなか意中の女神が現れないのですよ、叔母上」

横から、カマキリのように痩せたメアリ叔母が口を挟む。

「あらいやだ。あなたみたいに背が高くハンサムで、名門大学を首席で卒業した家柄の良い男性を、世の淑女たちが見逃すはずがないじゃないの？」

ローレンスは苦笑いする。

「どうも性格が悪いせいか、淑女の方々には私は受けが悪いようですね」

「近頃の若いものは、やれロマンスだ自由恋愛だのと御託を並べて、結婚が家系を守る大事なしきたりであることをないがしろにしておるのだ」

向かいのウィリアム男爵が、皺(しわ)に埋もれた細い目を光らせながらローレンスを手にしたフォークで指差す。耳が遠いウィリアム男爵は、がなるような声を出す。

「ローレンス、お前は由緒あるブレア家の直系の長男だぞ。一刻も早く身分のある若い娘を娶(めと)

り、後継ぎを作る義務があるのじゃ」

ローレンスはすっかり食欲が失せ、小さくため息をつく。

そして、主賓席に座っているジャクソン伯爵夫人を恨めしげに睨んだ。

ジャクソン伯爵夫人は気がつかないそぶりで、左右の賓客と話をしている。

ローレンスは顔を戻し、平然と言い返した。

「馬や牛の種付けじゃあるまいし、手当たり次第に若い娘さんをベッドに引き込むわけにもいかないでしょう?」

「まあ――！」

ローレンスの下世話な言い方に、未婚のアンナ叔母とメアリ叔母は憤慨した顔になる。

ウィリアム男爵は、真っ赤になってますます大声を出した。

「なんじゃ、名誉あるブレア家の結婚を、家畜と一緒にしおって！」

さすがに食卓に着いていた他の客たちが眉をひそめる。

「まあまあ、ローレンス、落ち着いて。アンナもメアリも、大叔父さまも、みないつまでも独身のあなたのことを、心配して言ってくださるのよ」

ジャクソン伯爵夫人が今気がついたという顔で、わざとらしく口を挟んだ。

「私はいたって冷静ですよ、叔母上」

ローレンスの言葉に、ジャクソン伯爵夫人は我が意を得たりとばかりに微笑む。

「それはよかったわ。それじゃあ、来週の我が家主催の舞踏会にもいらしてね。首都中の結婚前の貴族のご令嬢を招待するから。冷静に、伴侶を吟味なさいな」

ローレンスは口をつぐんだ。

正直、最近の親戚たちの結婚しろコールにはほとほと気が滅入っていた。

「では、投資信託は先月と同じ割合で、よろしゅうございますか？」

顧客係の声に、ローレンスははっと我に返った。

「う、うむ。それで頼む」

契約書類にサインをしながら、ローレンスはこれからどうやって親戚一同の結婚攻撃をかわしていったものか、と考えていた。

（正直、結婚などしたくはない――どんな素晴らしい淑女が目の前に現れても、私は心動くことなどないだろう。いや、心動いては困るのだ。私は生涯一人の女性に愛を誓うことなど、するまいと決めているのだから。それくらいなら、全く心動かないどうでもよい女性と結婚するほうがまだましだ。そうだ、若くて健康で後継ぎを産んでくれる、しかも私の心を惹かないような女性だ――）

「――なぜ、金を貸してくれんのだ！　私は由緒あるバーネット家の男爵だぞ！」

ふいに、酒焼けでもしたようながらがら声が、隣のブースから響いてきた。

「そうよそうよ。銀行は、私たちにありがたく貸すべきだわ」

若い女性の声もした。生意気で気の強そうな口調だ。

ローレンスは思わずペンの手を止めた。

隣のブースの顧客係は困惑した声を出す。

「しかし――男爵さまには、もはや担保となる家屋敷も土地も資産もございませんし……」

バーネット男爵がさらに声をうわずらせた。

「た、担保だと⁉　そんなもの――では、うちの娘ではどうだ？　若くて健康で、しかも美人だぞ！　君が独りものなら、うちの娘をやろう」

突然、がたんと席を立つ音がする。

「ちょ……お父さま！　お酒の飲み過ぎだわ！　冗談じゃないわ。どうして私が、こんな下っ端の銀行員と結婚しなきゃいけないのよ！　お金が貸してもらえれば新しいドレスを作ってもいいっていうから、お父さまの付き添いをしてあげたのに！　お金の算段ができそうにないのなら、私はもう帰るわ！」

居丈高で傲慢な口調だ。

立ち上がった娘が、ブースを出ていく。

ローレンスはちらりとその娘に視線を投げた。

金髪、青い目、少し顔つきはきついが整った美貌だ。すらりとした均整のとれた肢体をしている。昼間だというのに、肌の露出の高い派手なピンク色のドレスを着込んでいた。彼女は父親を置いたまま、さっさと銀行を出て行ってしまった。

ローレンスの顧客係が申し訳なさそうに言う。

「騒がしくてすみません。あのお客様は、いつも酔っておいでで……」

ローレンスは顧客係の声を聞いていなかった。

若くて美人で健康な男爵家の娘。

だが、あのわがままで高慢な性格は到底好きになれそうにない。銀行員への横柄なあしらい方を見ても、いかにも異性と派手に遊んでいそうだ。

（誰でもいいいのなら、好意をもてない相手のほうが、私は都合がいい。男慣れしている娘なら、逆にベッドに誘いやすいし、いっそ――）

ローレンスはおもむろに立ち上がった。

隣のブースを覗（のぞ）くと、バーネット男爵が顧客係にすがらんばかりにしている。

「君、頼む。このままでは我が男爵家は膨大な借財を抱えたまま一家離散だ。私には長患いの妻もいる。頼むから金を貸してくれ――」

バーネット男爵は、仕立ては良いが着古した服に身を包み、髪は乱れ無精髭も伸ばしほうだい、酒の臭いをぷんぷんさせている。

いかにも落ちぶれた貴族といった風体だ。

ローレンスは彼の背後から声をかけた。

「失礼だが、男爵殿。隣でお話は聞かせていただきました。私はブレア伯爵と申すもの。いかがでしょう？ あなたの借財、私に全て肩代わりさせていただけませんか？」

「な、なに⁉」

男爵はあっけにとられたように酒焼けした顔を振り向けた。

ローレンスは落ち着き払って続ける。

「その代わり――あなたの娘さんを私に頂戴したい」

男爵も顧客係も、驚いた表情でローレンスを見上げた。

ローレンスは繰り返した。

「男爵殿の借財をいっさい私が肩代わりするので、先ほどの娘さんを私の結婚相手に貰い受けたいのですよ」

第一章　身代わりの花嫁

ブローテ王国は、大陸の西南に位置する資源豊かな大きな島国である。

代々の賢明な王の統治により、文明は栄え、経済も文化も発達していた。

だが近年、産業改革のため機械化が進み、富を得た商人層が著しく社会進出を果たした。

支配階級だった貴族の中には、時代の流れに乗れずに零落する者たちも多かった。


バーネット男爵の屋敷は、首都郊外の高級住宅街の一角にある。

先祖代々の石造りの屋敷は、構えこそ立派だが、先代のころから手入れを怠っていて、全体に薄汚れて見るからに貧窮している様相だ。

バーネット家の次女アデル・バーネットは、控えの間の窓際のソファに腰を下ろし、せっせと縫い物をしていた。

アデルは十八歳になったばかり。

輝くばかりの金髪と澄んだ青い目、透けるように白い肌、均整のとれたすらりとした肢体。はっとするほど整った容姿だが、身なりは地味だ。

髪は無造作に背中に梳き流し、なんの装飾もない機能的なだけのグレーのドレスで身を包み、若いのにまるで修道女のような雰囲気だ。

彼女は時折、開けたままの扉の向こうの、母が寝ている寝室の方を窺いながら、手を動かし続けた。

男爵夫人である母は、数年前から身体を悪くし、最近ではほぼ一日中臥せっている。よい医者にかかれば、病状も少しは回復する見込みがあるのだが、今の男爵家の現状では到底無理な相談だった。

バーネット男爵家は由緒ある家柄だったが、代々の浪費がかさみ、先代の頃には広大な領地はほとんど手放し、収入源である地代の激減によりすっかり落ちぶれてしまった。

父の代になると、切り詰めなければ日々の生活にも困窮するようになった。

父はそれでも家族のために手を尽くそうとしていたが、愛する妻が病に倒れてからは、すっかり人が変わってしまった。

ろくに医者にもかけてやれない自分を責め、酒に溺れるようになり、男爵家はますます貧窮していった。

次女のアデルは得意の裁縫の腕を生かし、近所の古着の修繕や仕立て直しを請け負い、いくばくかの収入を得るようになっていた。

アデルの丁重でしっかりした仕事ぶりは評判を呼び、注文は引きもきらなかったが、家の莫大な借財をとうていどうこうできるものではなかった。

健気な性格の彼女は、病気の母をもっといい医者にかけたいと思い、わずかな駄賃の中から、こつこつ貯金をしているのだ。

「ふう……」

朝からずっと縫い物をしているので、肩や背中がすっかり強ばってしまう。手を止めて首を回したりしていると、突然、廊下の向こうから言い争う声が響いてきた。

「ひどい、お父さま！　冗談ではないわ！」

一つ年上の姉のアダレードの甲高い声だ。

アデルははっと聞き耳を立てた。

父のしゃがれた声がした。

「冗談ではないのだ。もうその伯爵と、契約書を交わしてきてしまった。負債を引き受けてもらう代わりに、お前は彼に嫁ぐんだ」

アダレードがわっと泣きわめく。

「あんまりよ！　私はお付き合いしている人がいるのよ！」

「そいつは成金の商人じゃないか！」

「でも私にぞっこんなのよ。何不自由ない暮らしをさせてくれるって言っているの」

「勝手な結婚は許さんぞ、男爵家と母上を救うためだ」

「いやよ！　そんな得体の知れない男！」

アデルは二人の声が激昂していくのにはらはらし、思い切って隣室の扉を開けた。

家具をほとんど売り払ってしまい、閑散とした応接室に、仁王立ちになっている父と床に倒れ伏して泣いている姉のアダレードがいた。

「お二人とも、お願いだから声を荒立てないでください。お母さまが目を覚ましてしまうわ」

アダレードががばっと顔を上げる。その顔に涙はない。嘘泣きしていたのだ。

「そうだ、アデルよ。お父さま、アデルがいるじゃありませんか！」

彼女はいいことを思いついたとばかりに、表情を明るくした。

父は扉口に立ち尽くしているアデルに顔を振り向ける。

彼は顔をしかめる。

「だが――伯爵は銀行で見かけたお前を欲しいと言ってきた。だから契約書もお前の名前で」

「そんなの、チラ見だもの。私たち双子みたいにそっくりだから、わかりゃしないわ」

アダレードは素早く立ち上がり、妹に近づいた。

「ねえアデル、いいお話なのよ。どこぞの物好きな伯爵が、我が家の負債を肩代わりしてくださるんですって。その代わり、お嫁さんが欲しいんだって」

「え？」

話が呑み込めないアデルは、戸惑う。

アダレードが顔を近づけてくる。

「あなた、地味だし内気だし家の中で縫い物ばかりしているでしょ。うちは落ちぶれてるし、このままじゃどうせあなたは行き遅れよ。幸い、私とあなたは顔がそっくりだから、あなた、私の代わりに伯爵のところにお嫁にいきなさいよ」

「な、なにを言っているの、アダレード！」

アデルは姉の突拍子もない言葉にうろたえた。

確かに、年子の姉妹は容姿がよく似ている。

金髪、青い目、整った美貌、均整のとれた肢体。

だが二人の性格は正反対だ。

アダレードは派手で享楽的だ。家の手伝いなどほとんどせず、着飾って誘ってくる男性と遊び歩いている。

一方で、アデルは内気で人見知りが激しい。病気の母の世話をしながら屋敷の管理をし、縫い物をしているのが性に合っている。もちろん、父以外の異性と口もろくにきいたことはない。

「わ、私が知らない人のところへお嫁にだなんて――無理に決まっているじゃない。そんな、恐ろしいこと……第一、私、お姉さまみたいに美人じゃないもの」

顔を真っ赤にさせて俯いてつぶやくアデルに、アダレードは見下したような顔をする。

「ほんと、あなたってウブね。そんな化粧もしないで地味な格好ばかりしてるから、余計にさえないのよ。結婚でもして男を知れば、少しは垢抜けるんじゃなくて？」

「お姉さま、な、なんてはしたないことを言うの……！」

双子のようにそっくりだと言われているが、アデルは自分の容姿に全く自信がなかった。

姉のアダレードのような人を惹きつける魅力は自分にはなく、小さい頃から劣等感をもっている。だから、余計に家に引きこもっていたのだ。

ぐずぐずと即答をしないアデルに業を煮やしたのか、ふいにアダレードは自分の左腕の袖をまくりあげた。すべすべした白い肌に、赤く引き攣れた火傷の跡がくっきり残っている。

アダレードをその腕をアデルに突き出す。

「あなたは、私に借りがあるんじゃなくて？」

アデルはその火傷の跡を見ると、顔から血の気が引いた。

「お姉さま――それは」

アダレードは勝ち誇ったように言う。

「小さい頃、あなたにティーポットのお湯をかけられて、こんなになってしまったのよ。私を傷ものにした責任を、今こそ取りなさいよ」

「っ――」

アデルは言葉に詰まる。

昔、お茶の時間にうっかりティーポットを落とし、姉の腕にひどい火傷を負わせたことは、アデルの一生の負い目になっていた。

だが、その負い目を償うのと金と引き換えに見知らぬ男と結婚することは、違うと思った。

「――ひと晩、考えさせて……」

そう口にするのが精いっぱいだった。

アダレードは袖を元に戻すと、居丈高に父のほうに顔を向けた。

「わかったわ。結論は、明日ね。お父さま、それでよろしいかしら？」

事の成り行きを無言で見ていた父は、悄然（しょうぜん）とした声を出す。

「う、うむ――」

それから彼は、心苦しげにアデルに言う。

「すまない、アデル。我が家は破産寸前なのだ。この屋敷も何重にも抵当に入っていて、ここを追い出されたら、病弱なお母さんはもはや――」

アデルは心臓が締め付けられる。

父の勝手な取り決めには賛成できないが、彼が母を心から愛していることだけは分かっていた。

「――それじゃ、私はデートがあるから」

話は終わったとばかりに、アダレードは部屋を出て行った。

部屋にはうなだれた父とアデルが残された。

その夜。

アデルは母の枕辺に座り、食事をするのを手伝っていた。

背中に枕を敷きどうにか半身を起こしている男爵夫人は、やつれ果ててはいたが、娘たちによく似た金髪に青い目で、かつては相当の美人だった面影はまだ残っている。

「ありがとう、アデル。いつもいつもお前には苦労かけるわ」

母は消え入りそうな声で言う。

「なにをおっしゃるの、お母さま。早くお元気になってくださいね」

アデルはことさら明るい顔で答える。

スプーンで薄いミルク粥をすくって母の口元に持っていくが、彼女はあまり食は進まないようだ。

食事をすませると、母の身体を清拭し、新しい寝巻きに着替えさせて、寝床に横にさせる。

仰向いた母は、深いため息をついてつぶやいた。

「こんな、みなに迷惑ばかりかけて……もう死んでしまいたい」

アデルは喉元まで込み上げてくる涙を呑み込み、優しく上掛けを母の肩の上まで引き上げた。

「そんな気弱にならないで。もうすぐ、私がお金を貯めて、いいお医者にかけてあげますから」

母は薄い瞼を閉じ、かすかにうなずいた。

「ありがとう――」

アデルは母が寝息を立て始めたのを確認し、そっと枕元のランプを手にして寝室を出た。

薄暗い廊下に出る。使用人は年取った夫婦を除き全員解雇してしまい、広い屋敷は掃除も行き届かず廊下は埃っぽい。

開け放しの応接室を覗くと、父がテーブルに突っ伏して眠りこけている。テーブルの上には空になった安酒の瓶があった。

アデルは足音を忍ばせて父に近づき、ソファに脱ぎ捨ててあった父の上着をその肩にかけてやった。

姉のアダレードは外出したまま、まだ帰宅していないようだ。

アデルは自分の部屋に戻った。

木のベッドと小さいタンスと書き物机だけの、簡素な部屋だ。家が困窮しているという理由だけでなく、もともとアデルは慎ましい性格で、使い勝手の良い必要最小限のものしか身の回りに置かないたちだった。

寝巻きに着替えてベッドに入ったが、今日の姉と父の騒ぎで気持ちがざわついているせいで、いっこうに寝付けない。

『あなた、私の代わりに伯爵のところにお嫁にいきなさいよ』

アダレードの声が頭の中をぐるぐる駆け巡る。

(借財の肩代わりと引き換えに、娘をやるだなんて……お父さまは、ほんとうに追い詰められてしまったのだわ)

借財が無くなり自分が伯爵家に嫁げば、母をもっといい医者にかけてあげられることもできるかもしれない。

だが、純情で引っ込み思案のアデルには、見知らぬ男と結婚することなどできるわけもない。

それに、金と引き換えに妻を得ようというような男にも、好意は持てなかった。

内気で初心なアデルだったが、恋人や結婚を夢見ないということはなかったのだ。

昔、まだ母が元気な頃は、家は貧しかったが両親は慈しみ合い愛し合い、家庭は幸せだった。

（あの頃のお父さまとお母さまのような結婚ができたら――）

姉のアダレードのように、奔放に言い寄る男たちと付き合うなど、到底できそうにないが、いつかどこかで素敵な男性と巡り会い愛し合うこともあるかもしれない、とささやかな夢を抱いていた。

だが、現実は過酷だ。

家を救うために自分の身を犠牲にすることができるか、アデルは一晩中悩み続けた。


――翌朝。

あまり寝付けないまま、早朝いつもの時間にベッドを出たアデルは、食卓の用意をしようと食堂に向かった。

食堂のテーブルの燭台（しょくだい）のロウソクに火を点（とも）そうとして、アデルはそこに一通の手紙が置いてあるのに気がついた。

アダレードの文字だ。

　はっとして手紙を手にして急いで読む。

「私は彼と駆け落ちします。あとは、アデル、よろしくね。アダレード」

　アデルは衝撃を受けて、全身の血が一気に引くような気がした。

「お父さま、お父さま！」

　手紙を握ったまま応接室に駆け込むと、昨夜と同じ姿勢で寝込んでいた父が、ぎくりとして身を起こした。

「なにごとだ⁉」

　アデルは震える手で手紙を父に差し出した。

「お姉さまが、お姉さまが、駆け落ちしてしまいました……！」

　手紙をひったくるように受け取った父は、中身を読むや否や絶望的な声を出した。

「なんということだ。あれだけ言ったのに、小金に目がくらみ、成金の商人と駆け落ちするなどと……」

　父はがくりと椅子に倒れこむ。

　彼は頭を抱えた。

「どうしたらいいのだ。伯爵と契約書を取り交わしてしまったのに――もう万策尽きた。この屋敷も銀行に取り上げられてしまう。我が妻を救うこともできない」

父の血を吐くような言葉に、アデルは胸が締め付けられた。

丸まった父の背中を見つめ、昨日の痩せ衰えた母のつぶやきを思い出す。

『もう死んでしまいたい……』

アデルは決心を固めた。

脈動が早まる胸に、ぎゅっと拳を押しつけた。

そして、深呼吸してから父に言う。

「お父さま——私がお姉さまの代わりに、伯爵さまの元へ参ります」

父は目を見開いて振り返った。

「いや——アデル。借財のことはもとよりだが、私はもともと、奔放なアダレードにそれなりの落ち着いた生活を与えようと、伯爵の申し出を受けたのだ。お前は優しく思いやりの深い娘だ。そんなお前に、代わりに嫁がせることなど、できるわけがない」

アデルは、父が単に金のためにだけで娘を売ろうとしたわけではないことを知り、心から安堵した。そして、逆に父と母のためになんでもしたいという気持ちが湧き上がった。

アデルはキッと顎を引いて応えた。

「いいえ、お父さま。このままでは私たちは一家離散です。病弱なお母さまは、この屋敷を追われてしまったら、絶望でお命を縮めてしまわれます。お父さまだって、愛するお母さまを助けたい一心でしたでしょう?」

いつもはおとなしく控えめなアデルの凛とした態度に、父は気圧されたような表情になる。

「だが――アダレードと入れ替わるなど」

アデルは健気に微笑み、冗談交じりに言う。

「私だって、それなりにお化粧をしてお姉さまのドレスをお借りすれば、なんとか見映えよくなると思うの。相手の伯爵は、もともとお姉さまをチラ見程度でしか存じていないということだし。私、きっとうまく立ち回りますから。それに、どうせ私は、いつまでも行き遅れのままだったろうし……」

父は心打たれたように目を潤ませた。

「お前にこんな役目を押し付けることになろうとは――私が不甲斐ないばかりに、許しておくれ」

父が両手を差し伸べてきたので、アデルはその腕に飛び込んだ。

「私、ずっとお父さまとお母さまのお役に立ちたかったの。これでやっと、ご恩返しができます。伯爵さまは裕福なかたなのでしょう? お母さまのお医者様のことも、私、きっとなんとかしますから」

「アデル――私の可愛い娘」

「お父さま」

父娘は涙ぐみながらしっかりと抱き合った。

かくして、思いがけなくもアデルは姉の身代わりで、ブレア伯爵の元へ嫁ぐこととなった。

翌日の昼過ぎ。

アデルはアダレードが置いていったドレスの中から、一番派手で綺麗なドレスを選び、生まれて初めて髪を結い上げ、化粧もした。

そうやって装うと、決意に満ちた眼差しのせいもあるのか、まるで別人のように美しく輝いていて、アデルは我ながら驚く。

（お姉さまほどではないけれど、どうにか伯爵さまの目をごまかせる程度にはなれたかもしれない）

母には、花嫁見習いで父の知り合いの伯爵の屋敷に住み込みで働くことになった、と嘘をついた。まさか、借財の肩代わりと引き換えに、結婚するのだとは言えなかったのだ。

父が呼んでくれた貸し馬車が到着した。

珍しく素面の父は、玄関前までアデルを見送ってくれた。

「どうか元気で――もし、どうしても辛かったら、戻ってきても構わない。最悪の場合、その覚悟はできているよ」

　父の言葉に、胸がぐっと熱くなる。

「いいえ、だいじょうぶ、私、必ず伯爵さまとうまくやってみせますから」

　心にもない虚勢を張って、父に微笑んだ。

　馬車に乗り込み馬が走り出すと、一気に緊張感が高まった。

（うまくやるだなんて……お相手がどんな男性かもわからないというのに）

　馬車は、首都中心部でも有数な高級新興住宅街へ向かっていく。

　今まで屋敷もろくに出たことのないアデルは、窓から見える雲に届くような高層の建物と舗装された広い道路にぎっしり行き交う馬車や人々の喧騒に、気圧されてしまう。

　何度も深呼吸し、落ち着こうとした。

（ブレア伯爵って、どんな人なのかしら。お父さまは、身なりの立派な見映えの良い方だっておっしゃったけど、それはきっと私を安心させようとして言ったんだわ。どうせ、お金で花嫁を買おうとするような人だもの、あまり容姿も性格もよろしくないに違いないわ。傲慢で尊大な人だろう。でも、私はそれに耐えて、お仕えしなければいけないのね……）

　夢見ていた結婚と程遠い生活が待っているのだ。

（でも決心したのだもの。勇気を出して、落ち着いて、しっかりするのよ――）

必死で自分に言い聞かせているうちに、ブレア伯爵の屋敷に到着した。

馬車を降りたアデルは、目を瞠った。

古ぼけたバーネットの屋敷とは比べものにならないほど、広くて豪華な建物だ。

高い尖塔に囲まれた白亜の屋敷は左右に翼のごとく棟が広がり、正面玄関は太い大理石の柱で囲まれている。

まるで王様の住まうお城のようで、アデルは圧倒されて立ち尽くしていた。

すでにアデルの到着を待ち受けていたらしい屋敷の使用人たちが、玄関ポーチに勢ぞろいして出迎えている。皆、清潔でぱりっとした制服に身を包み、有能そうで容姿の整った者ばかりだ。

「ようこそお待ちしておりました。執事長のダグラスと申します。アダレードさま」

年長の品の良い初老の使用人が進み出て、うやうやしく礼をした。

アデルははっと気を取り直す。

(そうだ、私は今日からアダレードなんだ)

なるだけ貴婦人ぽく振舞おうとする。

「アダレード・バーネットです。新参ものですので、皆さんよろしくお願いします」

丁重に答えると、執事長はわずかに感心したように表情を動かした。

「こちらへ――主人がお待ちです」

執事長に手を取られ、おそるおそる屋敷の中に足を踏み入れる。

「っ――」

外観もさることながら、内装はもっと豪奢だった。

アーチ型の高い吹き抜けの天井から提がる、無数のクリスタルのシャンデリア。窓は高く採光が明るい。床は幾何学的に白と青のタイルが敷き詰められ、壁には一面に著名画家の絵が飾られている。

だが、アデルは違和感に気がついた。

調度品も家具も内装も素晴らしいが、それだけで少しもバランスが良くない。ただ、寄せ集めて置いただけだ、という感じだ。なんというか、家に対する主人の愛情のようなものが、あまり感じられない。

ありていに言えば、豪華なだけで住み心地がいいとは言えない気がした。

ブレア家は、母が健康な頃は、お金が無いなりに家具ひとつひとつを吟味し調和を整え、家の中を心休まる場にしていたものだ。幼いアデルは、家が大好きだった。

ぼんやりそんなことを思っているうちに、奥の応接室へ通された。

ダグラスに革張りのソファに座るよう促される。

「ただいま、主人が参りますので」

そう言いおくと、彼は退出した。

しばらく座っていたが、アデルはそっと豪華な応接室を見回し、庭に面した大きな観音開きの窓に気がついた。

アデルの唯一の気晴らしは、バーネット家のささやかな庭に好みの草花を植え、ガーデニングをすることだった。

（さぞや素敵なお庭だろう）

わくわくして窓に歩み寄り、庭を覗く。

「え……？」

広大な庭は草木の剪定(せんてい)はされていたが、それだけだった。なんの彩りも無い。

庭の向こうに温室が見えたが、ガラスが割れ、放置されているようだ。

この立派な屋敷全体に、どこか主人の投げやり感のようなものを感じた。

アデルは予想外のことに、そこに立ち尽くしていた。

「――なにか面白いものでも見えたかな？　ご令嬢？」

ふいに背後から艶(つや)やかな低い声で話しかけられ、アデルはどきりとして振り返った。

戸口に長身の男性が立っていた。

波打つ茶色の髪、知的な額、黄金に近いヘーゼル色の瞳、高い鼻梁、引き締まった唇、どきりとするほど整った美貌だ。あまりに美麗で、少し近寄りがたく見えるくらいだ。

引き締まった体躯をぴったりしたグレーのアフタヌーンスーツに身を包み、男性モード雑誌のモデルのように格好がいい。

どうせ金で女性を買うような男だから、きっと冴えない風貌の中年男だろうと思い込んでいたアデルは、若々しく凛々しいブレア伯爵の姿に声を失って見惚れてしまった。

「ようこそ。ローレンス・ブレアだ」

ローレンスがつかつかと近づいてくる。

近くで見ると、見上げるほど背が高く眩しいくらいのハンサムで、彼が身にまとう薔薇の花のような甘いフレグランスに頭がくらくらしそうだ。

アデルはすっかり気を呑まれ、挨拶を返すのが精いっぱいだった。

「お初にお目にかかります。アダレードです。ふつつか者ですが、よろしくお願いします」

深々と頭を下げてからゆっくり上げると、まじまじとこちらを見つめているローレンスとまともに目が合った。

異性と、ましてやこのように素敵な男性と見つめあったことなどない。

アデルはかあっと頬が火照り、慌てて視線を逸らす。

「私は君とはお初ではないのだが――にしても」

ローレンスの値踏みするような視線を感じ、アデルは緊張と恥ずかしさで心臓がどきどきする。

「なんだか君は第一印象と少し違うな――まあ、猫を被っているのだろうが、そういう付け焼き刃はすぐにはがれるものだ」

アデルは侮辱された気がして、耳朶まで血が上る。

「わ、私は別に猫など――」

言い繕おうとすると、ローレンスが尊大に手を振って言葉を中断させる。

「まず、この結婚の目的を話す。私は由緒正しいブレア家の跡継ぎが欲しいだけなので、結婚して二年経っても子どもができなかったら、君とは即離婚だ。ただし手切れ金はたっぷり払うので、いずれにせよ、君に損はない結婚だ。それだけは、頭に入れておくことだ。わかったな」

あまりに心ない言葉に、アデルは愕然とした。

（やっぱり、私が想像していた通り、傲慢な人なんだわ。いくらお金の代償に来たからって、こんな物みたいに扱うなんて……）

一大決心をしてここにやってきたアデルは、目に悔し涙が浮かんできた。

（泣いちゃだめよ――泣くもんか）

そう自分に言い聞かせたが、ぽろりと一雫、涙が白い頬を流れ落ちた。

ローレンスは不意を突かれたように言葉を止め、目を瞬いた。

アデルは唇を食いしばって、それ以上泣くまいと耐えた。

だが、堪えれば堪えるほど、涙は後から後から溢れて、止められない。

声も上げずに静かに泣くアデルを、ローレンスは戸惑ったように見つめた。

彼はわずかに目の縁を染め、咳払いした。

「む――そんな、泣くことは――」

ローレンスは意心地悪げにもぞもぞしていたが、上着のポケットからハンカチを取り出すと、ぶっきらぼうにアデルに差し出した。

「すみません……」

アデルは受け取り、涙を拭いた。ハンカチにも、ローレンスの甘い移り香がした。

「乱暴な言い方だったかもしれないが、私はこの結婚の主旨を明確にしておきたかったんだ。君だって、男爵家を救うためと、私の財産目当てでここに来たのだろう？　いわば、互いの利益は一致している」

「利益……」

なんて冷たい言葉だろう。

だが、もともと父が取り決めた契約結婚だ。

アデルには否定できない。

「……泣いたりしてすみませんでした。伯爵さまのご意思に沿うよう、一生懸命お仕えします」

気持ちを奮い立たせ、震える声で言う。

ローレンスは再び面食らったように目を瞬いた。

「うん——では、すぐに君付きのメイドたちをここに寄こすので、君の部屋と屋敷の中を案内してもらいたまえ。晩餐の時間に、また会おう」

そのまま踵(きびす)を返して部屋を出ていこうとした彼は、立ち止まって肩越しに振り返った。

「その、ごてごてしたピンクのドレスは、あまり君に似合わないな。青系のマーメイドデザインがいい。メイドに言って、君のサイズのドレスをデパートで急ぎ購入させなさい。明日には、うちの御用達の仕立屋を呼ぶから、最新流行のオーダーメイドのドレスを好きなだけ頼んでよい。由緒あるブレア家の女主人になるのだから、それなりの格好も必要だからね」

アデルは驚いて反射的に答えていた。

「いえ、私、そんなにドレスなどいりません」

ローレンスは訝しげな顔になる。

「そんなわけはないだろう？　君は新しいドレス欲しさに、父上と銀行に付いていったのだから。存分に着飾るくらいは、させてやろう」

アダレードのことを言っているのだ。

アデルはうなだれてしまう。

あまり遠慮すると、疑われてしまう。それでも、あえて言った。

「お気遣い感謝します——あの、ひとつだけ。あまり装飾のない、シンプルで動きやすいものも頼んでいいですか？」

ローレンスは一瞬口をつぐんだが、すぐに頷いた。

「構わんが——」

「これから、このお屋敷で女主人としていろいろ働くことになるのですから、実用的なドレスも欲しいんです」

「——」

ローレンスは完全に押し黙ってしまった。

アデルはきょとんと見返してくる。

ローレンスは咳払いをひとつすると、冷静な声で答えた。

「好きにするがいい」

今度こそ振り返らず、彼は立ち去った。

ローレンスと入れ替わりに、数人のメイドが応接室に入ってきた。

年かさのメイドが堅苦しい態度で挨拶する。

「奥さま付きのメイド長のヘンリエッタでございます。私ども、誠心誠意お仕えいたしますので、なんなりと御用をお言い付け下さい」

アデルはいきなり「奥さま」と呼ばれて、どぎまぎした。

「ヘンリエッタさん、私は来たばかりで右も左もわかりませんから、どうぞ助けてくださいね。頼りにしております」

ヘンリエッタ始めメイドたちは、少し驚いたように顔を上げた。

アデルは自分がなにかまずいことでも言ったろうか、と内心うろたえる。

ヘンリエッタは少し口調を柔らかくした。

「かしこまりました。奥さま、使用人に敬称は不要でございます。どうぞ、ヘンリエッタ、とお呼びくださいまし」

「え、でも——」

ヘンリエッタは表情を引き締める。

「そうしていただかないと、私が、ご主人さまに怒られます」

アデルは尊大そうなローレンスの態度を思い出し、うなずいた。

「わかりました、ヘンリエッタ」

その後、階上の自分の部屋に案内された。

南向きの日当たりの良い大きな部屋だ。

飾り窓が一面にあり、庭を一望できるベランダもある。家具はすべて金の縁取りのあるいかにも一級品なものばかりだ。寝室には、派手なフリンジの付いた天蓋付きのベッドが置かれ、応接室のソファや椅子は、すべて豪華な豹柄(ひょうがら)の皮張りだ。バスルームはモザイクのタイル張りで、バスタブは金張り。化粧室も金縁(きんぶち)で、きらきらしすぎて目が眩(くら)みそう。

「まあ、すごいわ……」

アデルは目を瞠って部屋の中を見渡したが、今まで質素だが使い心地の良い家具に囲まれていたせいか、やたら豪華で高級なだけ調度品に囲まれると、どうにも落ち着かない気分だった。

一通り部屋の中を案内され、応接間でメイドが運んできたお茶で一服していると、ローレンスの命を受けたメイドが、近所のハロッズ(高級デパート)で購入してきた新しいドレスを持って現れた。

化粧室でメイドたちに着付けをされ、髪も化粧も新たに作り直された。

生まれて初めてイブニングドレスというものを着た。

今までは男爵家は貧窮していたので、派手好きのアダレードは別として、アデルは時間ごとにドレスを着替えたりする余裕はなかったし、着飾る気にもなれなかったのだ。

肩や腕を剥き出しにし、襟ぐりが深く胸元の谷間がのぞいているデザインだ。

「こ、こんな色っぽいドレス、私に似合わないわ……」

アデルは恥ずかしくてまともに鏡を見られない。

「とんでもございません。こんなに見事にマーメイドドレスを着こなす方は初めてですよ。本当に、海から上がってきた人魚姫のようです」

アデルの豊かな髪を結い上げながら、ヘンリエッタは感心した声を出す。

複雑に編んで頭頂でふっくら結い上げられた髪に、ドレスと同じ色のサファイアの髪飾りを挿すと、ヘンリエッタが満足げに言う。

「さあ奥さま、見事な出来映えでございますよ」

アデルはおそるおそる化粧鏡をのぞいた。

「わあ――」

確かに、そこには光り輝くように美しい人魚姫がいた。

上半身にぴったりフィットし、太腿のあたりからふわりと大きくスカートが広がるドレスは、アデルのスタイルの良さを最高に引き出している。すんなりした白い二の腕、ふっくらまろやかなバスト、キュッとくびれたウエスト。

すんなりしたうなじを強調した髪型もよく似合い、ぱっちりした目元に薄くアイラインを引き、ふっくらした唇に艶やかな赤い紅を差し、清楚で初々しい美貌が際立っている。

思わず自分でも見惚れてしまった。

「さすがにご主人さまはお目が高いです。今までずっと独り身を押し通してきたのは、奥さまに出会うためだったのですね」

ヘンリエッタの言葉に、アデルははっと我に返った。

（それは違うわ――私はお金と引き換えに、跡継ぎを産む道具として来たのだもの……）

少し浮き立っていた自分を心の中で戒める。

晩餐の呼び出しに化粧室にやってきた執事長のダグラスも、現れたアデルの姿に感嘆の声を上げた。

「これはお美しい。さぞやご主人さまも満足なさるでしょう」

ダグラスに案内され、階下の食堂へ向かう。

階段を下りる時に手を貸しながら、ダグラスはそっとアデルにつぶやいた。

「奥さま。どうかご主人さまのお心を開いてさしあげてくださいまし。あなた様の若さと美しさとお心持ちなら、きっとそれがおできになるでしょう」

「え？　心を開く？」

アデルが思わず聞き返すと、ダグラスは慌てて表情を引き締めた。

「余計なことでした。お忘れください」

食堂に到着すると、綺麗なテーブルクロスを敷いた長いテーブルの向こうに、グレーのタキシードに正装したローレンスが待っていた。

昼間より、さらに凛々しく格好がいい。

「お待たせしました」

アデルが控えめに声をかけると、ローレンスはアデルに椅子を引こうと立ち上がった。

刹那、彼がはっと息を呑む気配がした。

「む――」

彼の視線はアデルに釘付けになる。

なにか嫌味を言われるのかと、アデルは身構えた。

「――綺麗だ」

そうぼそりと言われ、内心ほっとした。

ローレンスの向かいの席に椅子を引いてもらい、腰を下ろすと晩餐が開始された。

前菜から見たことも食べたこともない豪華な料理が運ばれ、アデルは目を丸くする。

味も極上だ。

生まれて初めての豪勢な晩餐だ。

だが、アデルはほとんど味を感じられなかった。

食事の間じゅう、ローレンスがひと言も口をきかず、目も合わせてくれなかったからだ。

アデルはなにが彼の気に障ったのかわからず、最初は時節のことなど話しかけてみたが、ほとんど返事もしてもらえなかった。ただもくもくとナイフとフォークを動かすしかなかった。

最後のコーヒーが済むと、ローレンスはナプキンで口を拭い、さっと立ち上がった。

「私はまだ書斎で仕事をするので、君は私の寝室で待っていなさい」

「あ——はい」

ローレンスがさっさと退室してから、アデルはどきりとして気がついた。

（ブレア伯爵の寝室でって……そ、それは、もしかして、夫婦の営みをするっていう意味？　そ、そうよね、結婚するってそういうことだもの——だけど……）

奥手で初心（うぶ）なアデルは、男女の交わりについてはほとんど無知だった。

男遊びに慣れているアダレードが、時折自慢げに男性とのベッドでのことをしゃべったりするのには閉口させられるばかりだったし、ほとんどぴんとこなかったのだ。

アデルはその時初めて、跡継ぎを作るという意味を理解した。

(わ、私……なにも知らない……ど、どうしよう……)

恐怖と不安でにわかに脈動が早まり、緊張が高まってきた。

その後、いったん自分の部屋に戻り、メイドたちの手を借りて入浴させられた。普段なら、誰かに入浴を手伝ってもらうなど恥ずかしくて断るところだったが、閨のことで頭いっぱいのアデルは、メイドたちのされるままになっていた。

全身を薔薇の香りの石鹸で隅々まで洗われ、下ろし立ての絹のネグリジェに着替えさせられる。薄い素材は、肌が透けて身体のラインがあらわになってしまう。しかも、メイドたちは下穿きを着けさせてくれなかった。

あからさまな夜の営みのための仕度に、アデルは恥ずかしくて頭にかあっと血が上り、めまいがしそうだった。

ヘンリエッタに手を引かれ、バスルームの奥の扉に導かれた。

そこで初めて、その扉がローレンスの私室に通じていることを知った。

扉の向こうが、ローレンスの寝室だった。

身を強張らせていると、ヘンリエッタが優しく背中を押して促す。

「ご心配いりません。ご主人さまにすべてお任せすればよろしいのですよ」

彼女はアデルの極度の緊張ぶりを感じて、そう声をかけたようだ。

アデルはこくりと頷き、部屋に一歩踏み出した。

背後で扉が静かに閉じる。

「あ……」

部屋の中は、サイドテーブルの上のオイルランプの灯りのみで薄暗い。

寝室は思ったよりこぢんまりとしていたが、天蓋付きのベッドは大人が数人寝てもまだ余るような広さで、目的が男女のそれであることを強調されているようで、アデルはぶるっと身を震わせた。

（どうしよう……怖い……逃げてしまいたい）

処女の本能が、これから起こることへの不安を掻き立て、アデルはその場に棒立ちになってしまった。

（お母さま……お母さま……）

胸の中で母に呼びかけ続け、どのくらい時間が経ったかもわからない。

ふいにことりと向こう側の扉が開く音がし、アデルはびくっと身をすくませた。

白いガウンを身に纏ったローレンスが、足音を忍ばせて入ってきた。

入浴を済ませたばかりなのか、ふわりと石鹸のいい香りが漂ってくる。

ローレンスはベッドを見やり、そこが空なのに気がつき、怪訝そうに部屋を見回した。

そして、隅っこで身を小さくして立っているアデルに気がつく。彼は自分からベッドに腰を下ろすと、声をかけてきた。

「そんなところで、なにをぼうっと立っている。こちらに来るがいい」

ローレンスの口調が不機嫌なので、アデルは仕方なくそろそろとベッドに近づいた。

彼の眼の前まで来ると、足がすくんで一歩も前に進めない。

ローレンスがいぶかしげに見上げてくる。

まだ風呂上がりの髪が濡れていて、前髪が額に垂れかかり、いっそう若々しく見える。ヘーゼル色の瞳は、オイルランプの灯りをちらちらと映し、獣のように鋭く見えた。

「気を持たせる手管などいらない。ここに来なさい」

立ち尽くしているアデルに、少し苛立たしげにローレンスは言い、彼女の手首を掴んで手前に引き寄せた。

「あっ」

足がもつれ、そのままローレンスの胸の中に倒れこんでしまった。

大きな胸に身体ごと抱かれると、彼のガウンの下は素肌とわかり、緊張感は頂点に達してしまった。

「君も承知しているだろう。この結婚の第一条件だ。跡継ぎを作ること——」

ローレンスの大きな手が、アデルの顎を掴んで持ち上げる。

アデルは思わず目をギュッと瞑った。

彼が身を寄せる気配がし、温かく柔らかいものが唇に触れた。

「ん――っ」

男の息づかいを感じ、はっと目を開く。

口づけされている。

生まれて初めての、異性からの口づけ。

目の前に端正な男の顔があり、アデルはおののいて息を詰めた。

ローレンスは何度も掠めるように唇を撫でてくる。

その不思議な感触に背中が震えた。

なにかぬるりと熱いものが、口唇の間をなぞる。

舌で舐められている感触に、ぞくぞくした。

だが、ローレンスのもう片方の手が背中に回り、さらに引きつけてくると、緊張で全身が強張り、思い切り歯を食いしばってしまう。

少し唇を離したローレンスが、ため息交じりに囁く。

「アダレード、少し力を抜いてくれ」

「あ……の」

言葉を発しようと口唇を開いた途端、男の舌がするりと口内に侵入してきた。

「んぅっ？」

ぬるつく熱い舌が、歯列を割り、歯茎をなぞり、口蓋を舐めまわしてくる。

口づけがこんな淫らな行為だとは思いもしなかった。

「ふ、や……っ」

ローレンスの引き締まった胸を両手で押して身を引き離そうとすると、彼の片手が後頭部をがっちり支えた。さらに腰を強く抱かれ、身動きできなくなってしまう。

芳しいローレンスの体臭とかすかに残る晩餐のワインの味に、アデルは息が詰まり酔ったように全身が熱くなるのを感じた。

さらに口腔の奥へ進んできたローレンスの舌は、縮こまっているアデルの舌を探り当て、きつく絡んできた。

「んんっ、ん、んぅうっ」

ちゅーっと強く舌を吸い上げられた瞬間、うなじあたりに、未知の甘い痺れが走り、アデルは気が遠くなった。

「……は、ん、あ、んふぅ……」

てしまう。

呼吸が困難なほど何度も強く舌を吸い上げられ、動揺しながらもみるみる全身から力が抜けてしまう。

ぴったり合わさった彼の胸の鼓動が力強い。一方で、アデルの心臓はばくばくと早鐘を打ち続ける。

「ん……っ、んん、んんぅ……」

アデルの抵抗が消えると、ローレンスは腰に回した手で背中を撫で回し、脇腹からゆっくりと胸元を撫で上げた。それから大きな手で、ネグリジェ越しにまろやかな乳房を包み込んだ。

「っ……やっ……っ」

本能的な恐怖に、びくんと背中がすくんだ。

だが、あまりに濃厚な口づけにすっかり骨抜きになってしまい、抵抗できない。

きつく舌を絡めたまま、ローレンスは交互に乳房をやわやわと揉みしだいた。

すると、どういうわけか乳首がむずむずし、服地を押し上げて尖ってくる。

その慎みのない乳嘴を、ローレンスのしなやかな指先が摘み上げた。

その刹那、ぞくりとした不可思議な快感が下腹部に向かって走り、臍の奥の方がじりじりと痺れる。

ローレンスは硬く芯を持った乳首をこりこりと指の間で転がしたり、掠めるように指の腹で撫で回したりする。

その度に、下腹部の甘いざわめきが増幅してくる。

なぜこんな深い口づけを受け、胸をいやらしくいじられているのに、心地よく感じてしまうのかわからず、混乱するばかりだ。

「あっ、や……あ、んんっ」

はしたない鼻声が思わず漏れ、泣きたいくらい恥ずかしかった。

アデルの舌を存分に扱き上げ、溢れる唾液を啜り、ローレンスがわずかに唇を離して低い声でささやく。

「感じてきたね」

その熱のこもった淫靡なバリトンの声に、なにか冷たいもので背中を撫で上げられたような戦慄が走る。

答えることもできず、ぐったり彼のなすがままになっていると、うなじを支えていた手がふいに下へ降り、ネグリジェの裾を捲り上げてきた。太腿から薄い和毛に覆われた下腹部がむき出しになってしまい、アデルははっとして腰を引こうとした。

「あ……やっ」

狼狽えているうちに、その手が股間に強引に押し入ってくる。

和毛を掻き分けた指先が、慎ましく閉じている花弁をそろりと上下に撫でた。

「あっ」

自分でもろくに触れたこともない秘めやかな部分に触れられ、アデルは動揺しきって必死で身を捩ろうとした。

だが胸をいじっていた手が、尖り切った乳首をきゅうっと摘み上げると、痛みと心地よさが一気に襲ってきて、腰が砕けそうになる。

「あぁぁ、あ」

アデルの力が抜けた隙に、巧みな指が花弁を割り開き、蜜口をぬるぬると撫で回した。

「やぁ、だめ、そこ、んぁ……」

「もう濡れているね――随分と感じやすいな」

ローレンスが耳元で熱い吐息とともに囁いてくると、羞恥のせいだけでなく身体の芯がかっかと火照ってくる。

「ぬ、濡れ……？」

なにもかも初めてのアデルには、なんのことか理解できない。

「とぼけてもだめだ。そら、また溢れてきた」

ローレンスの指の動きに合わせてくちゅりと卑猥な水音が響き、見えなくても秘められた部分に何かが溢れてくるのが、アデルにもわかった。

「や、め……」

アデルは自分の身体がどうしてそんな反応をしてしまうのか、途方にくれるばかりだった。

男の指先がほころび始めた秘裂のすぐ上の、なにか小さな突起に触れた途端、雷にでも打たれたような鋭い喜悦が下肢に走った。

「きゃ、あぁぁっ?」

アデルは甘い悲鳴をあげて、びくんと腰を浮かせた。

「感じるのだろう?」

ローレンスが花弁に溢れる甘露を指ですくい、その膨らんだ蕾をゆっくり円を描くように撫で回すと、得も言われぬ快感に膣壁がひとりでにわななき、両足がだらしなく開いてしまう。

「んんぅ、や、ぁ、だめ……ん、んんっ」

アデルは背中を仰け反らし、いやらしい声を上げまいと口元に手を当てて耐えようとした。

「我慢することはない」

ローレンスは充血した秘玉の包皮を指先でめくり上げ、より鋭敏な花芽をむき出しに、そこに愛蜜を塗りこめるように揺さぶってきた。

「あ、あ、ぁ、あぁっ、あ……」

その小さな突起から凄（すさ）まじい快楽が生まれ、全身にほとばしっていく。

アデルはローレンスの指に翻弄され、ただただ与えられる快感に翻弄された。

「いや、だめ。怖い……あぁ、や、やぁっ」

耐えきれない愉悦に、アデルはぎゅっと目を瞑って耐えようとした。だが、後から後から襲ってくる媚悦に、隘路（あいろ）の奥がなぜかしきりにひくつき、もっと満たしてほしいような焦れた感覚に、腰が物欲しげに揺れてしまう。その淫らな欲望が恐ろしく、アデルはいやいやと首を振った。

「もう、許して……ロ、レンスさまっ……」

だが彼の指は容赦なく花芽を小刻みに揺さぶり続ける。

閉じた瞼（まぶた）の裏で、ちかちかと白い閃光（せんこう）が瞬き、なにかが子宮口のあたりからせり上がってくる。

「あ、あぁ、あ、だめ、あぁぁ……あぁぁーっ」

今まで経験したことのない熱い愉悦の波に、意識が一気にさらわれ、アデルは糸を引くような長い嬌声（きょうせい）を上げ、ローレンスの腕の中で初めて極めた。

びくびくと身体が波打ち、一瞬息が止まり、次の瞬間、どっと汗が噴き出した。

「……は、はぁ、は、ぁ……」

呼吸が乱れ、激しい運動をした後のように心臓がばくばくいう。

「達したのか――もう、いいだろう」

ローレンスが独り言のようにつぶやき、ぐったり力の抜けたアデルの身体を、ベッドの上に押し倒し、ゆっくりとのしかかってきた。

まだ朦朧としていたアデルは、ローレンスが自分の寝間着の裾を捲り上げ、覆いかぶさってくるのを感じた。

彼の長い足が、自分の両膝の間に押し入れられ、大きく開脚させてしまう。

「充分、濡れている」

いきなり長い指が、蜜口の奥にまでつぷりと押し入ってきて、違和感にアデルは身を強張らせた。ぬるりと指が引き抜かれ、入れ替わりに、なにかみっしりとした硬く熱い塊が蜜口に押し当てられた。

「っ――？」

アデルは本能的な恐怖から思わず身を引こうとした。

だが、それより一瞬早く、あてがわれたその硬いものの先端が、ぐぐっと内部に押し入ってきた。

「あうっ」

アデルは息を呑む。

狭い隘路を切り開くように、指などとは比べものにならないくらいに太く巨大な男の欲望が、奥へ奥へ突き進んでくる。

めりめりと引き裂かれるような激痛に、アデルは目を見開き、悲鳴を上げた。

「いたいっ、やぁっ、やめて……やめてください……っ」

内部から熱い焼ごてでも押し込まれたような衝撃に、アデルはぼろぼろと眦から涙をこぼした。

それでも強引に侵入してこようとする灼熱の硬直のもたらす激痛に、アデルは小さな拳でローレンスの広い背中をどんどんと叩いた。苦痛を和らげようと、身体が自然とベッドの上へ上へと逃げてしまう。

「お……願い、苦しい……っ」

ふいにローレンスの動きがぴたりと止まった。

彼はまだ己が欲望を処女地に埋め込んだまま、顔を起こし、涙でぐしゃぐしゃになったアデルの顔を見下ろした。

彼の端正な顔が、驚きと後悔に歪んだようにみえた。

「君――もしかして、初めて、か？」

アデルは苦痛に答えることもできず、すすり泣く。

ローレンスがそろそろと腰を引いた。

「っ――」

太茎に膣襞が引き摺り出される感覚に、アデルはぎゅっと目を閉じた。

男根を引き抜いたローレンスは、結合部に視線を落としている。

何かを確認したようで、彼が深いため息をついた。

「すまない――私はてっきり、君は既に男性経験があるとばかり思っていた」

アデルは赤子のように泣きじゃくった。

ローレンスの手が、そっと乱れた髪を撫でつけ、頬を濡らす涙をぬぐった。

「アダレード――たとえ契約結婚だとしても、無垢な乙女の大事な初めてを、酷いものにしたくはない。君には跡継ぎを産んでもらう義務があるとしても、私は君を家畜のように扱う気は毛頭ないんだ。いや――こんな形で結婚したにしろ、男女の営みは神聖で心地よいものだと、君に教えたい」

アデルはそろそろと泣き濡れた目でローレンスを見上げた。

そこには、さっきまでの尊大で強引な彼はいなかった。

ローレンスは真摯な眼差しでまっすぐ見つめてくる。

「もう一度、ゆっくりとしよう。もう、痛い目には合わせない。約束する。きちんと、初夜を行おう」

その誠実な口調に、アデルは心臓がきゅんとした。

この人は、こんな優しい目をすることができるのだ。

彼に出会ってから、初めてローレンスのほんとうの姿を垣間見た気がした。

アデルはこくりと頷く。

ローレンスはゆっくりと寝巻きを脱いだ。

「っ……」

アデルは息を呑んで、生まれて初めて見る男性の裸体を見つめた。ギリシア彫刻のように見事に引き締まった均整の取れた肉体だ。

うっとり見惚れていたが、下腹部に息づく男の逞しく反り返った欲望が目に入った途端、そのあまりの凶暴さにおののいてしまう。

あんなものが、自分の中に挿ってこようとしていたなんて――。

思わず目を逸らして身体を強張らせると、ローレンスが両手を伸ばしてきて、アデルのネグリジェの前ボタンを外し、一糸まとわぬ姿にしてしまう。

「あ、やあ……見ないで」

恥ずかしくて両手で顔を覆ってしまう。

彼が息を飲む気配がする。

「綺麗だ——無垢で神々しい。私以外の誰も、まだ触れたことのない清らかな身体だ」

ローレンスがしみじみした声を出し、そっと覆いかぶさってきた。

彼は、アデルの涙の跡の残る頬にそっと口づけし、口唇、首すじ、鎖骨と、徐々に顔を落としていく。

「ぁ……あ」

彼の唇が触れた肌が、かあっと火傷したかのように熱くなる。

ローレンスの端正な顔がアデルの柔らかな胸の間に埋められ、高い鼻梁が優しく肌を撫で回すと、ぞくぞくと背中が震えた。

「ん……」

甘い鼻声を漏らすと、ローレンスの両手が乳房を包み持ち上げるようにし、ちゅっちゅっと音を立てて肌に口づけする。

そうしてから、片方の乳首は指で揉みほぐしながら、もう片方を口腔に吸い込んだ。

「あっ、あ」

濡れた舌が乳首に絡みつき、乳輪をなぞり、また吸い上げる。

じんと甘い痺れが下腹部に走る。

指でいじられるより、ずっと心地よく淫靡だ。

ローレンスは硬く尖った乳嘴を、左右交互に口唇に咥え込み、強く吸い上げたかと思うと、舌先でねっとり転がし、時折は甘く噛んでくる。

「や、あぁ、あ、だめ、そんなにしちゃ……やぁ、あ、あぁ……」

そんなふうに責められると、媚肉がずきずきするほど脈打ち、切ないほど気持ち良くて、腰から下が蕩けてしまう。

隘路がむずむずして、閉じ合わせていた両足が緩んで開いてくる。とろりと愛蜜が溢れ、股間を濡らすのがわかった。

ローレンスは懇願を無視して存分に乳首を責め立てると、両手で乳房を揉みこみながら、顔をゆっくり下へ下ろしていく。

鳩尾から臍まで舐め下ろし、臍の周囲にねっとり舌を這わす。

「んんっ、あ、だめ……そこっ……おへそなんか……っ」

くすぐったいようなぞくぞく悪寒が走るような奇妙な感覚に、全身が波打ってしまう。

「ここも感じるのか？　いいね――君はどこもかしこも感じやすい」

ローレンスが嬉しげに言うので、恥ずかしくて全身から火が噴き出しそうになる。

彼の顔がさらに下に降り、同時に両手が乳房から離れた。降りた両手が、アデルの細い足首を掴み、そのまま立膝にさせる。

「あっ、やあっ」

膝がわずかに割れ、恥ずかしい部分が丸見えになる。

「だ、だめ、見ないでっ」

慌てて両足をぴったり閉じ合わせようとすると、すかさずローレンスの両手が膝頭にかかり、大きく割り開いてしまった。

「きゃぁ、あ、やぁっ」

秘められた部分がすっかり男の眼前に晒(さら)され、アデルは悲鳴を上げ、両手で顔を覆った。ローレンスの密(ひそ)やかな呼吸が股間に感じられ、秘所に痛いほどの視線を感じる。羞恥で全身が熱くなり、同時になぜか隘路の奥がきゅんと疼(うず)いた。

「慎ましく閉じた美しい花びらだ——乱暴に散らそうとして、悪かったね」

優しげな声で言われ、心臓がどきんと跳ねた。

と、次の瞬間、なにか濡れた温かいものが、花弁をぬるりとなぞった。

「あっ？　ああっ？」

それがローレンスの舌だと気がついたときには、彼は股間に顔を寄せ、両手で陰唇を大きく左右に押し開き、そこを舐めまわしていた。

「やっ、やめて、汚い……っ」

そんな排泄(はいせつ)する箇所を舐める行為なんて、信じられなかった。

「少しも汚くないよ――私が傷つけてしまった部分を、ほぐしてあげよう」

ローレンスはくぐもった声で言うと、再びねっとりと舌を使い始める。

「だめ、やめてください……だめ……あ、あぁ……」

混乱と恥ずかしさに、アデルは身体をずり上げて逃れようとした。

だがすかさず膝裏を掴まれて引き戻され、そのまま割れ目の上の小さな突起を、ちゅっと音を立てて吸い込まれた。

「ひ？　あああっ？」

刹那、雷にでも打たれたような強烈な刺激が脳芯にまで走り、アデルは甲高い悲鳴を上げた。

ローレンスは口腔に吸い込んだ秘玉を何度も軽く吸い、舌先でぬめぬめと柔らかく転がした。

「くぅっ……んん、んんんっ、あ、あぁ」

びりびりと痺れる快感が下腹部を襲い、アデルは腰をびくびくと跳ね上げた。

そんなところに未知の快感を生み出す器官があるとは、初めて知った。

「や……め、あ、だ、め、そこ、そんなにしちゃ……あぁぁっ」

膨らんできた肉芽を窄めた口唇で扱くように擦られ、巧みな舌先が包皮を捲り上げてむき出しになった神経の塊のような花芯を転がすと、あまりの快感に下肢が砕けてしまい、抵抗する力が失せてしまう。

「や、やぁ……あぁ、どうして？　あぁ、こんなの……は、はぁっ」

激しい喜悦に頭が真っ白に染まっていく。

悩ましい嬌声が半開きの唇からひっきりなしに漏れ、自分の声ではないようでいたたまれない。

「──ああ、蜜が滲んできた。いいね、初咲きの薔薇の花びらが朝露にまみれて──」

「う、うぅ……やめて、言わないでぇ……もう……あ、あぁ、あ」

これ以上淫らな声を出したくなくて、両手で口元を押さえて堪えようとした。だが、そうすると余計に身体の中に官能の熱がこもり、淫らな悦びに思考が犯されていく。

全身の神経が鋭く研ぎ済まされ、ローレンスの舌の動きをつぶさに追ってしまう。

「……だめ、ああ、だめ……」

アデルはいやいやと首を振り、お尻の下の方からせり上がってくる尿意にも似た熱い波に耐えた。だが、その波がぐんぐん大きく膨れ上がり、アデルはなにかが弾けてしまうような恐怖に怯える。

「もう、やめて……お願い……ローレンスさま、なにか、おかしくなって……っ」

彼女はローレンスの頭を押しもどそうと、夢中になって彼の艶やかな濡れ髪に両手を潜り込ませた。

ローレンスの頭はビクともしない。彼は巧みな舌遣いで、アデルの一番感じやすい部分を、ぬるぬるぴちゃぴちゃと転がし続ける。

アデルは白い喉を反らし、内腿をぶるぶると震わせ、淫らな口唇愛撫に身悶えた。

アデルの乱れようを確認するようにわずかに顔を上げたローレンスは、誘うようにささやく。

「達してもかまわないのだよ、アダレード。一度、極めてしまいなさい」

そう言うや否や、ローレンスは膨れ切った陰核を軽く歯で挟んで、小刻みに揺さぶった。と、同時に物欲しげにひくつく蜜口のあわいに二本指を揃えて、つぷりと潜り込ませてきた。そのままくちゅくちゅと浅い抜き差しが開始される。

それは壮絶なほどの快感で、アデルは目を見開いて悲鳴のようなよがり声を上げた。

「あああああーっ」

思考が一気に吹き飛び、身体がふわりと浮き上がるような錯覚に陥る。

「や、だめ、なに？　あ、だめ、や、だめ、ああ、だめぇっ」

全身が強張り、つま先までぎゅっと力がこもった。

無意識に、飢えた濡れ襞が、挿入されたローレンスの指をきつく締め付けた。眦から生理的な涙がこぼれる。

「あ、あ、ん、んんんぅーっ」

全身に生まれて初めての感覚が駆け巡り、意識をさらった。

びくんびくんと腰を跳ね上げ、アデルは初めて性の絶頂を知る。

「……は、はぁ、はっ……は……」

程なく強張りが解け、アデルはぐったりシーツに身を沈めた。

まだ指を押し入れたまま、ローレンスが身体を起こした。

彼はまだ意識朦朧（いしきもうろう）としているアデルを、悩ましい眼差しで見る。

「初めて達したんだね——なんて初々しいんだろう」

ローレンスは感慨深い声を出す。

彼は指をゆっくり動かし、隘路の滑りをさらによくした。

それからおもむろに指を引き抜き、アデルの上にゆっくりと覆いかぶさってきた。

ローレンスは汗ばんだ額に張り付いたアデルの後れ毛を撫でつけ、涙の溜（た）まった目尻にそっと口づけした。

彼は耳元で低く囁いた。

「君の中に挿いるよ、いいね」

アデルはまだ思考がまとまらないまま、無意識にこくんとうなずいた。

ローレンスはアデルの膝裏に手を添え、恥ずかしい格好に足を広げさせる。

「あ？」

ふいに意識が戻り、アデルははっとする。

「大丈夫、深呼吸して、身体の力を抜いてごらん。もう、君の身体は十分、受け入れるようになっているから」

ローレンスはそう言うと、広げたアデルの足の間に自分の腰をゆっくりと沈めてきた。

わななく蜜口に、灼熱の塊が押し当てられる。

最初の激痛と衝撃を思い出し、アデルはびくっと身をすくめた。

ローレンスは慣らすように、膨れた先端で蜜口をくちゅくちゅと掻き回す。

「ん、んん、ぁ」

一度達して感じやすくなっているそこは、浅く捏ねられるとじわっと甘い喜悦を生み出す。

ローレンスはアデルの反応を窺いながら、じりじりと剛直を挿入してきた。

「あっ、あ、あ、苦し……」

狭い隘路が太茎に押し広げられる感触に、アデルは思わず息を詰める。

「ふ――狭いな。でも、さっきより随分柔らかい」

ローレンスが何かに耐えるようなくるおしげな声を漏らす。

じわじわと熱い塊が押し入ってくる圧迫感に、アデルは呼吸することもできない。

「これでは押し出されてしまう――息を吐いて、ゆっくりと」

ローレンスのあやすような声に、言われるまま肺に溜まっていた空気をふーっと吐き出した。

全身の力がふわっと抜けた。

その瞬間、ローレンスが一気に貫いてきた。

「あ、ああ、あ、あ……」

欲望の先端が、最奥まで届くのを感じた。

先ほどのような痛みはなく、身体の中心を焼け付くような太いものが占領しているせつなさに、アデルは浅い呼吸を繰り返してしのいだ。

「ああ、全部挿入(はい)ったよ――アダレード、痛いか？」

ローレンスが顔を覗(のぞ)き込んでくる。

アデルはそっと目を開け、彼の顔を見た。

端正な顔に汗が浮かび、彼も何かに耐えているような顔つきだ。

それは美しい殉教者のようで、アデルは男性のそのような表情を初めて知る。

アデルの中で脈打つ熱い異物の感触が、徐々に自分の身体まで熱く昂(たかぶ)らせていくような気がした。

「もう、痛くは……ないです」

消え入りそうな声で答えると、ローレンスが顔じゅうに優しく口づけをした。

「そうか、いい子だ——これからゆっくり動くから、私にしっかりしがみついておいで」

おもむろに剛直が先端のくびれまで引き摺り出された。

「ん、んっ」

その喪失感に、ぶるっと背中が震える。

無意識にローレンスのたくましい背中に両腕を絡ませていた。

再びローレンスが最奥まで突き入れてきた。

どこか奥のほうにつん、と押し上げるような熱い刺激を感じ、そこから不可思議な心地よさが生まれてくる。

ゆったりと大きな動きで何度も出し入れを繰り返されているうち、身体の芯が熱く灼(や)けつくような感覚が増幅してくる。

「ん、ふ、んんっ」

ローレンスに突き上げられるたびに、少しづつ悩ましい鼻声が漏れてくる。

じわりと愛液が溢れ、肉茎の滑りがスムースになるにつれ、媚肉を擦り上げられるたびに、重苦しい快感が湧き上がってきた。

それは、先ほど秘玉で感じたような瞬時で駆け上る鋭い喜悦とは違い、もっと大きく全身が揺さぶられるような深い悦楽だ。

「ぁ、あぁ、あん、あぁ、はあ……はぁっ」

アデルが艶っぽい嬌声を上げ始めると、ローレンスの抽挿が次第に速く、強くなってくる。

「悦くなってきたね——アダレード、君の中、熱くてきつくて、とてもいい」

耳元で色っぽいバリトンで囁かれると、背中がぞくぞく痺れた。

「とてもいい」

と言われた瞬間、隘路の奥がきゅんとして、男の肉胴を強く締め付けてしまった。

「ふ——」

ローレンスが心地よげなため息を漏らし、その密やかな響きに胸が締めつけられるようにせつなくなる。

ローレンスの律動がさらに激しくなり、アデルは強く突き上げられるごとに頭に真っ白な火花が散り、もう彼の与える灼けつくような喜悦しか感知できない。

意識が飛びそうな恐怖に、相手の名前を連呼して背中に爪を立てた。

「あ、あん、ローレンスさま、ローレンスさま──私……どこかに飛んでしまう……怖い、あぁ、あ」

「怖くない──もっと悦くしてあげよう」

ローレンスはガツガツと腰を打ちつけながら、片手を結合部に潜りこませ、ひりつく花芯を指で柔らかく捏ね始める。

「ひぁ、あ、だめ、そこしちゃ……っ、だめ、だめぇ、あ、あぁぁっ」

指のもたらす鋭い愉悦と、肉棒の圧迫するような重い悦楽が同時に襲ってきて、堪えきれない快感に、アデルはぶるぶると首を振りたてた。

「も、もう、だめ……だめ、許して……もうっ」

感極まった涙が、眦からこぼれ落ちた。

「──いいよ、アダレード、私も、もう──」

ローレンスはおもむろにアデルの細腰を抱きかかえると、腰を押し回すようにして、膨れた亀頭の先端を子宮口にぐりぐりとねじ込んできた。

「あ、あぁ、あ、も、も、だめ……なの、あ、あぁぁっ」

一瞬意識が遠のき、アデルは無我夢中でローレンスにしがみつく。

「出すぞっ──君の中に──」

ローレンスが低く唸った。

次の瞬間、びくんびくんと彼の腰が震え、最奥でなにか熱いものが弾ける。

「は、あ、はぁ、は……っ」

アデルは全身で強くイキんだ。絶頂を極めると同時に、媚肉が本能的に収斂を繰り返し、ローレンスの欲望の白濁を呑み込んでいく。

「――っ」

ローレンスは何度か力強く腰を穿ち、すべての精をアデルの中に吐き出した。

やがて彼の動きが止まり、荒い息遣いだけが部屋に響く。

ローレンスがゆっくりとアデルの上に倒れこんでくる。

すべてが終わったと感じたアデルは、ぐったりと脱力した。

汗ばんだ男の身体の重みが、なぜだかとても愛おしいと思った。

「――辛く、なかったか？」

耳元でローレンスが掠れた声で尋ねる。

「……はい」

睦事が終わってすぐに、彼が自分の身体を気遣ってくれることが、アデルには嬉しかった。

そろそろと彼の広い背中を両手で撫でた。感極まって爪を立ててしまい、綺麗な肌に爪痕を残してしまったかもしれないと、気遣ったのだ。

「いい子だ——」

ローレンスはまだ半身をアデルの中に残したままぴったりと密着し、小鳥が啄むような口づけをしてきた。

「ん……」

アデルはごく自然にその口づけを受け入れた。

初めての激しい交わりにまだ気持ちは翻弄されていたが、不快な感情はなかった。

それは、ローレンスがアデルのことを労って行為をしてくれたせいだろうか。

(もしかしたら……最初に感じたよりも、ずっと優しい人なのかもしれない。もしかしたら、この人と仲良くやっていけるかもしれない)

アデルは自分の心の奥の柔らかな部分にぽつんと小さい愛の種が落ちて、それが芽吹くような予感がした。

快楽の名残の中で、ふいに強い眠気が襲ってきて、アデルは意識を手放した。

サイドテーブルのオイルランプの灯りが揺らめく。

ローレンスは、腕の中で健康な寝息を立て始めたアデルの顔を見つめていた。

たった今、破瓜を迎えたばかりの彼女は、寝顔はまだあどけなく幼い。

ローレンスはそのすべすべした頬を指で撫でながら、混乱している自分に戸惑っていた。

誰かを愛して結婚することなど、一生するまいと決心していた。

だが、一族から跡継ぎを作れとやいのやいの言われて、苦渋の決断の果てに、金に困っている好きでもない女性を結婚相手に選んだのだ。

彼女には、二年経って子どもができなければ別れる、と宣言したが、始めから跡取りができたとしても、子どもだけ引きとって離婚するつもりだった。

女性を子どもを産む機械のように扱うことには罪悪感が強かったが、もともと相手が財産目当てなら、結婚するのも離婚するのも、すべて金できれいに解決するはずだ、と思っていた。

それなのに――。

自分は選択を間違ったのだろうか、と思った。

第一印象は、高慢で贅沢と男遊びが好きそうな蓮っ葉な娘だった。

それこそが、ローレンスの結婚相手としては最適だった。

金さえ出せば、後腐れが全くないだろうとたかをくくっていたのだ。

だが、今日きちんと向き合ってみると、彼女は控えめで謙虚で凛とした気品もあり、しかも無垢な身体だった。

乱暴に身体を開いたローレンスを、彼女は健気に受け入れてくれた。

ローレンスは、彼女のヴァイオリンのように優美な曲線を描く肢体を掌で辿(たど)った。

この身体を、もう誰にも見せたくない渡したくないという、強烈な欲望が込み上げる。

ローレンスはその熱い感情は、男の劣情だと思い込もうとした。

ほんとうは、肉体だけでなく、彼女の微笑みもいじらしさも涙も何もかもすべて、自分だけのものにしたい、そう希求していた。

だが、彼はその気持ちからは顔を背けようとした。

女性に心を奪われてはいけない。

誰かを信じ愛してはいけない。

ローレンスは心の中で、強く自分に言い聞かせた。

第二章　新妻は花開く

三日後。

首都の大きな聖堂の祭壇の前で、ローレンスとアデルはひっそりと結婚式を挙げた。

裕福で身分の高い伯爵なら、たくさんの招待客を招いて大々的に派手な結婚式を挙げるのだろうと思っていたアデルは、立会人は執事長のダグラスとメイド頭のヘンリエッタのみ、あとは司祭だけという慎ましい結婚式なのが意外だった。

「なにかと小煩い親戚など招待しなくてもいい。要は、結婚するという事実が必要なのだ」

というローレンスの言葉に、やはり契約結婚ということを身内には隠しておきたいのだ、とアデルは思った。

少し寂しい気もしたが、もともと内気で派手なことが苦手なアデルには、かえってありがたかった。

だが、ローレンスが急ぎ仕立てさせたというウェディングドレスは、純白のシルクのタフタと手織りのレースが潤沢に使われ、裳裾（もすそ）が長く尾を引く豪華なものだった。

アデルはそのドレスを着込み、綺麗に結い上げた髪に豊饒（ほうじょう）の印のオレンジの花輪を飾り、蜘蛛（くも）の巣のような繊細なレースのヴェールを被った。手に白薔薇のブーケを持つと、急に本当に花嫁になるのだという実感が胸に溢（あふ）れてきた。

先にローレンスが待つ聖堂に馬車で向かい、待ち受けていたダグラスに手を取られ、中へ入った。

高いドーム型の天井と美しいステンドグラスで飾られた聖堂に一歩入ると、祭壇の前で漆黒の礼服に身を包んだローレンスが、こちらに身を向けて立っていた。

すらりとした美麗なその姿はまるで一幅（いっぷく）の絵のようで、アデルは一瞬足を止めて見惚（みと）れてしまう。

ダグラスに促され、しずしずと赤い絨毯（じゅうたん）を進んでいく。

ローレンスはじっとこちらを見つめている。

値踏みするような眼差しに少し気後れしてしまうが、ローレンスが差し出した左手に自分の手を預け、隣に並ぶと、祭壇の方を向き直った彼が、ぽつりとつぶやいた。

「とても、綺麗だ」

胸の中がじわっと温かくなる。

そして、夢見ていたような形ではないが、こうして結婚式を挙げられるという事実は、こそばゆくときめくものだとしみじみ思った。

司祭の「健やかなるときも、病めるときも、富めるときも、貧しきときも、たがいに愛し、敬い、助け、命ある限り誠意を尽くすことを誓いますか？」

という誓いの言葉に、ローレンスはぶっきらぼうに返答したが、アデルはどきどきしながらも凛とした声で答えた。

「はいっ」

聖堂に響くようなきっぱりしたアデルの返答に、ローレンスがちらりとこちらに視線を投げてきた。

アデルはまっすぐ祭壇の上の十字架を見つめていた。たとえ偽りで契約の結婚だとしても、決意をして嫁いだからには、せいいっぱい努めようと思った。

指輪を交換し、ローレンスが誓いの口づけをするためにアデルに向き直り、ヴェールを両手で持ち上げる。

アデルは緊張し上気した面持ちで、ローレンスを見上げた。

その生真面目な表情に、ローレンスが眩しげに目を瞬く。

彼の唇がそっと重なる。

アデルは目を閉じて、その柔らかな感触を受け止めた。

屋敷に戻ると、着替えたローレンスは、副業の貿易商の仕事が残っていると、慌ただしく屋敷を出て行ってしまった。

残されたアデルは、動きやすい簡素なドレスに着替えると、執事長のダグラスを私室に呼んだ。

アデルはかしこまっているダグラスに、考えてきたことをまとめたメモを見ながら、熱心に話しだした。

「ダグラス。私はこのお屋敷のことは、まだ何もわかりません。ブレア家のしきたり、収入、屋敷の間取り、庭の広さ、使用人達の数と役目、貯蔵されたもののリスト、ローレンスさまのお身内の関係、領地や借地人たちのこと——私が覚えなければならないことは山ほどあります。どうか、遠慮なく私に教え指導してくださいね」

ダグラスは思わずといったふうに目を見開いて、顔を上げた。

「若奥さま。結婚式を挙げたばかりで、そんなお気遣いは無用だと存じます。ご主人さまは、あなた様にはなにもさせなくてよい、自由に好きにさせておくように、と私には命令されましたが——」

アデルは少しむきになって言い返す。

「そんな――この屋敷の女主人になったからには、私にはローレンスさまを支え、お役に立つように働く義務があると思うの。だって、今しがた神様の前で、そう誓ったんですもの」

ダグラスは微笑ましげにアデルを見た。彼は恭しく頭を下げた。

「ご立派なお心がけです。この私めに、なんでもおっしゃってくださいまし」

アデルはほっとして、微笑み返した。

今までも、バーネット家のことは、すべてアデルが管理していた。彼女が理想の女主人として夢見ていたのは、元気な頃の母の姿だ。

家の中を居心地よく、清潔に、明るく、心休まる場所にすること。家族も使用人たちも、みんなが快適に幸せに暮らせるようにすること。

「では、まず最初にお願いしたいことがあるの――」

アデルは手にしたメモを読み上げた。


その晩、ローレンスが帰宅すると、玄関ホールに姿勢よく立って待ち受けているアデルの姿があった。

豊かな髪をふっくらと結い上げ、すっきりした深青色のイブニングドレスに身を包み、軽く口紅をさしただけの薄化粧の姿は、初々しい新妻そのものだ。

「お帰りなさいませ」

アデルは少し照れくさそうに付け加えた。

「だ、旦那さま」

ローレンスはぽかんとして彼女を見ている。

アデルはおずおずと、彼の手にしているステッキとシルクハットを受け取った。

ローレンスは咳払いして、低い声で答える。

「――ただいま」

側の使用人にシルクハットとステッキを渡したアデルは、ローレンスが上着を脱ぐのを手伝おうとした。

「ひとりでやれる」

無愛想にそう言われ、差し出した手をもじもじさせてしまう。

ローレンスはふと屋敷の中を見回し、怪訝な顔になる。

「ん？　なんだか、いつもと雰囲気が違うような気がするな」

アデルはぱっと表情を明るくした。

「わかりました？　屋敷のカーテンを全部取り替えたの。今までの濃紺のカーテンはすっかり色あせていたので、新しくダークグリーンのものに替えて、窓も磨き直させて。すごくお屋敷の中が明るくなったでしょう？」

期待を込めてローレンスを見つめると、彼は表情を硬くしていた。

「アダレード」

ローレンスが抑揚のない声を出す。

アデルはそれに気づかず、はしゃいだ調子で続ける。

「旦那さま、第一と第二の応接室の絨毯も随分擦り切れていました。これも交換していいですか？　あまり毛足の長くないお掃除しやすい、東方の織物で素敵なものが――」

「アダレード！」

ローレンスの声が鋭くなり、アデルはびくっとして口を閉じた。

目を瞠（みは）って見上げると、ローレンスが命令口調で言う。

「家の中を仕切ろうとするのはやめてくれ。私は君に、女主人としての役割など望んではいない。余計なことをするな！」

「――」

アデルは押し黙った。

ローレンスは話はお終（しま）いとばかりに、書斎へ歩き出す。

アデルはすっかり打ちのめされ、意気消沈してしまう。

ローレンスのためによかれと思ってやったことで、怒りを買うとは思わなかった。

（やっぱり私は、子どもを産むためだけの道具なんだわ……）

結婚式での高揚した気持ちがすっかり消し飛んでしまった。

アデルはしょんぼりと自分の部屋に戻った。


「旦那さま」

鈴を振るような声でそう呼ばれた時、心ならずも口元がにやけそうになった。

ローレンスは書斎で書類を手にしながら、ぼんやり考えていた。

（いい気になってはいけない。あれは、彼女が私に取り入ろうとする手管かもしれない。いや、そうに違いない。女の見かけに騙(だま)されるな。彼女のあどけなく純真そうな振る舞いに惑わされては、だめだ）

ローレンスは自分に何度も念を押す。

だが――。

結婚式の時の彼女は、無垢で天使のように美しかった。

司祭の誓いの言葉に、子どものようにせいいっぱい声を張り上げる姿も、微笑ましく健気だった。

帰宅すれば、匂い立つような初々しい新妻が、帰りを迎えてくれる。

手入れを怠っていた屋敷の中が、たった一日で見違えるように明るくなった。

頬を上気させてこちらを見上げてくる彼女は、なんといたいけで可愛らしかったろう。

ローレンスは雑念を追い払おうと、しきりに首を振る。

書類の字面が滑って、頭に入ってこない。

ため息をついて書類を机に放り出す。

ふと、机の上に陶器の小さな花瓶が置いてあるのに気がついた。

綺麗な黄色い水仙が一輪、飾ってある。ほのかなよい香りがした。

彼女がやったのに違いない。

ローレンスは胸の奥がひどく痛むような気がした。そっと水仙に触れようとして、扉がノックされ、慌てて手を引く。

ダグラスが晩餐（ばんさん）の案内にやってきたので、威厳を正して後に続いた。

食堂のテーブルの上にも、花が飾ってある。

食欲を減退させない気遣いか、白い匂いの少ない一重の薔薇の花だ。

席に着こうとしたローレンスは、新妻の姿が見えないのに気がついた。

「あ――ダグラス、アダレードはどうした？」

ダグラスは静かに答える。

「奥さまは、少し頭が痛いとおっしゃって、お部屋でお休みになりたいので、ご主人さまにはよろしくとのことでした」

「そうか――」

なんだか急に食欲が失せたような気がした。

給仕が前菜の皿を運んできた。

見慣れぬクリーム色の繊細な皿に、アスパラガスの緑がよく映えている。

「なんだ、この皿――」

眉を持ち上げたローレンスに、ダグラスが聞かれもしないのに言う。

「奥さまは、倉庫の食器棚をご覧になって、今日のメニューに合う食器をセレクトなさったのです。今までは、ずっと同じ白い食器ばかりでしたから」

それからダグラスは、少し批判するような目つきで顔を上げる。

「ご主人さま。奥さまは今日一日、とても熱心に屋敷の中を見聞して回られ、私どもにいろいろと的確な指示を出してくださいました。他の使用人達も感心しております。あの方は、まだ年若いのに、それはそれは賢く優れたお方です。すべて、旦那さまのためにと、お心を砕いておられました」

　ローレンスはむっとしてフォークを置く。

「ダグラス、余計なことを言わなくていい」

　長年忠実に仕えてきた老執事は、今宵ばかりは後に引かなかった。

「奥さまは、帰宅なさったご主人さまがどんなに喜ぶだろうと、そればかり口になさって、とても楽しみに、あなた様のお帰りを待ちわびておられたのですよ」

「黙れ！」

　ローレンスが厳しい声を出すと、ダグラスは押し黙った。

　すっかり気分が削がれたローレンスは、ナプキンを放り出して席を立った。

　ダグラスが横目でこちらを見ている。

「――どちらへ？」

「気分が悪い、部屋に戻る」

「奥さまなら、ご自分の寝室の方におられますよ」

「だから――余計なことだ」

　ローレンスは苛立たしげに足音を立てて、食堂を出ていった。

アデルは自分のベッドで、頭から上掛けを被って丸くなっていた。

仮病を使って晩餐を断ってしまった。

本当は、新しい食器で美味しい料理をいただくのを楽しみにしていたのに、ローレンスのあの不機嫌な一喝で、すっかり心が砕けてしまった。

（少しでもローレンスさまがいい人だと思った私が、馬鹿だったのかしら……）

最初にこの屋敷に来た時の、冷淡な態度のローレンスを思い出す。

「私は由緒正しいブレア家の跡継ぎが欲しいだけだ」

そうぴしゃりと言われ、辛くて泣いてしまった。

だがその後、だんだん優しいところも見えてきて、初夜の晩にアデルが処女だと知ると、怖がらせないように丁寧に行為をしてくれた。

アデルは男女の交わりは素晴らしい行為だ、と感じたくらいだったのに。

（お母さまみたいな素敵な女主人になりたかったのに――）

やつれ果てた母の面影を思い出した途端、アデルははっと気がつく。

（私は、困窮している実家とお母さまを助けるために、姉と入れ替わってここに嫁いできたんだ――）

アデルは良心の呵責で、心がずきずき痛んだ。

（ローレンスさまを責められない――私こそ、あの方に大きな嘘をついて、ここにきているんだ）

のろのろとベッドから起き上がった。

自分の過ぎた行為を、ローレンスが不愉快に思っても仕方ないことだ。

アデルは少し浮かれていたと、反省した。

（私は義務をきちんと果たそう……）

ネグリジェに着替えると、気の進まない自分を叱咤しながら、奥のローレンスの寝室へ向かった。

ガウン姿のローレンスがベッドに半身起し、本を紐解いていた。

サイドテーブルのオイルランプの柔らかな光に浮かぶローレンスの顔は、うっとりするほど気高く端正に見えた。風呂上がりの彼は、普段は後ろに梳き流している前髪が秀でた額に垂れかかり、少し少年ぽい。

初夜の晩にその様を見た時、アデルはその前髪に胸がきゅんとしたものだ。

自分から声をかけづらく、アデルはその場に立ち尽くしていた。

彼は、扉の開く音に、驚いたように顔を上げた。

アデルは俯いて扉口に立ったままだ。

「――来たのか」

気のせいか、彼の声がほっとしているように思えた。

アデルは目線を下げたまま、消え入りそうな声で答える。

「こ、子作りが、私の役目です、から……」

本を傍らに置こうとしたローレンスが、ぴくりと肩をすくめた。

「ああ――そうだったな。では、さっさとこちらに来るがいい」

冷ややかな声で言われ、おずおずとベッドに歩み寄る。

ローレンスが身体を少しずらしたので、その横へ上がった。

彼が肩を抱きよせようとしたので、アデルは急いで謝罪した。

「あの、今日は申し訳ありませんでした」

ローレンスは綺麗な眉をかすかにしかめた。

「出すぎた真似をしました――ご不快にさせてしまって。今後は自重します」

まつ毛を伏せ声を震わせて一気に言うと、ローレンスが動きを止め、じっとこちらを見つめる気配がする。

いつまでも次の動きがないので、アデルはまた叱られることを言ってしまったのかと、どきどきしながら俯いていた。

「——その、私も、少し言いすぎた」

ローレンスがぼそりと呟く。

アデルははっと顔を上げた。

アデルが見上げると、ローレンスが素早く視線を外す。その目元に、かすかに血が上っているようにみえる。

彼は顔を背けたまま言う。

「どういう形であれ、君がこの屋敷の女主人になったことは事実だ。やりすぎない程度に、好きにしなさい」

アデルはみるみる心の霧が晴れる気がした。

潤んだ瞳でローレンスを見つめる。

「あ、ありがとうございます！　もちろん、旦那さ——ローレンスさまのご迷惑にならないよう、きちんと節約も心がけます」

声を弾ませると、ローレンスはそっと顔を振り向けた。その表情は、心なしか柔らかい。

「敬称で呼ばなくとも、よい」

「だ、旦那、さま」

「そうだ。アダレード」

ローレンスがゆっくり顔を寄せてきて、ちゅっと額に口づけした。彼が触れた部分が、かあっと火傷するように熱くなる。

ローレンスはそのまま、頬から唇へ口づけを繰り返す。

和解できたことで、アデルは気持ちが大きくなった。

彼の高い鼻梁が自分の鼻先を優しく擽る。それだけで、背中がぞくぞく痺れた。

「あの、旦那さま……」

「なんだ?」

「わ、私のことも、愛称で、アディと呼んでください」

それは、アデルが自責の念から逃れるための小さな逃げ口上だった。

ことあるごとに姉の名前で呼ばれることは、元来が生真面目なアデルにはとても辛いことだったのだ。

「アディ」は、アデルにもアダレードにも使われる愛称なので、嘘をついている後ろめたさから、少しだけ逃れることができた。

「わかった、アディ」

「旦那さま……」

アデルはそっとローレンスの引き締まった胸に顔を寄せた。

彼の大きな掌が、シルクのネグリジェ越しに背中をゆっくり撫で下ろすと、淫らな期待に下腹部がじわりと疼く。

ローレンスが身体を仰向けに押し倒す。

アデルは彼の首に両手を回し、うっとりと目を閉じた。


翌日から、アデルはブレア家の女主人として、一生懸命に立ち回った。

ローレンスは屋敷を整えることに全く興味がなかったらしく、外観は立派な屋敷なのに、内装もインテリアもおざなりだった。

古参のダグラスとヘンリエッタに助力を頼み、少しずつ、屋敷の中を快適なものにするために手を加えていく。それと同時に、ブレア家のしきたりや歴史、経済についても熱心に勉強した。

ローレンスは、そのことで文句を言わなくなった。

その日あった出来事を食事時に嬉々として語るアデルに、無愛想だが相槌を打ちながら相手をしてくれる。

夜は、ベッドで丁重に愛され手解かれ、アデルの官能はみるみる花開いていった。


二人が結婚してひと月過ぎた、初秋のある朝。

その日も出勤するローレンスを見送ったアデルは、今日はローレンスのハンカチや靴下に名前を刺繍しようかと、日当たりの良い居間の窓際のソファに腰を下ろした。

もともと仕事にするほど縫い物が得意なので、なにかローレンスのためにできないか、と考えたのだ。

この家に最初にきた時に、泣いてしまったアデルに差し出してくれたハンカチを、アデルはこっそり宝物のように持ち歩いていた。

それが最初にローレンスから受けた優しさだったからだ。

まずはこの一枚に、ローレンスのイニシャルと家紋である葡萄の葉の紋様を刺繍しようと考えた。

針箱を出して、作業を始めようとすると、いつになくあたふたした様子で、ダグラスが入ってきた。

「お、奥さま、ご来客です」

アデルは少し驚いて目を見開く。

普通、来客はあらかじめ手紙や使用人などで相手の都合を訪ねてから、訪問するのが礼儀だったからだ。

「どちら様なの？」

「そ、それが——」

答えようとするダグラスの背後から、どやどや数人の歩いてくる気配がした。

「なんだかこの家、小綺麗になったみたいじゃない？」

「やっぱり、結婚すると家の雰囲気も変わるものかしらね」

わいわいと喧しい女性たちの声がする。

アデルが慌てて立ち上がると、訪問着姿の女性が三人、勝手知ったるという感じで居間に入ってきた。

派手な紫のデイドレス姿の初老の美人と、地味なグレーの色合いのドレス姿のでっぷり太ったのと、鶏ガラのように痩せた中年女性だ。

「失礼しました。お迎えにも上がりませんで」

アデルは恭しく一礼した。

女たちはじろじろ不躾な視線でアデルを見ている。

「ふうん、あなたがローレンスの心を射止めた方なのね」

初老の女性は、ダグラスに手を振った。

「ダグラス、お茶を人数分ね」

「かしこまりました」

ダグラスを追い出すと、初老の女性は改めてアデルに向き直り、自己紹介した。

「私は、ローレンスの叔母のジャクソン伯爵夫人と言います。風の噂で、ローレンスがどうも奥さまをお迎えしたらしいと聞きつけて、お伺いしたの。こちらは、私の妹たちで——」

ジャクソン伯爵夫人は、太った方を指し示し、

「アンナ」

アンナ叔母は鷹揚に頷く。

次にジャクソン夫人は痩せた方を紹介する。

「そちらがメアリ」

メアリ叔母は興味津々といった目で、アデルを眺めている。

アデルは突然のローレンスの親戚たちの来訪に、素早く気持ちを立て直す。

初めてのローレンスの身内の訪問に、夫の恥にならないように振舞わねば、と思う。

「ご挨拶が遅れて、失礼いたしました。ローレンスの妻となりました、アダレードと申します。どうぞ、アディ、とお呼びください」

深々と一礼し、中央の大きなソファの方を指し示す。

「どうぞ、お座りください」

どっかとソファに腰を下ろした三人は、向かいに座ったアデルを値踏みするようにじろじろと見る。

「へええ、なかなかお美しいのね、アディ、あなたおいくつかしら」

アンナの質問に、

「十八でございます」

と答えると、メアリが声を裏返す。

「まあお若いこと。ローレンスったら、こんな美人を射止めるなんて、意外と隅に置けないじゃない」

「で、あなたたち、どこで知り合ったの？　プロポーズはいつ？　結婚式はいつ頃、なさるおつもり？」

ジャクソン伯爵夫人はぐいぐい攻めてくる。

アデルは必死で頭を回転させる。

「あの――銀行に父の付き添いで出向きました際に、ローレンスさまがお隣のブースにおられまして、そこで知り合いました」

「あらあ、現代的な出会いね、で、お付き合いはどのくらい？」

こういうことは、あまり嘘を言わない方がいい、とアデルは判断した。

「実は、出会ったその日にプロポーズされました」

アンナとメアリが、同時にきゃあっ、と奇声を発した。

「ステキ、運命の出会い？　一目ぼれってことね」

「やだ、ローレンスったら、ずいぶんとロマンチストじゃないの」

はしゃぐ二人を尻目に、ジャクソン伯爵夫人は冷静に突っ込んでくる。

「で、お式はいつごろ？　私たちも招待される準備があるから」

アデルは一瞬うろたえたが、やはりここは正直に、と判断する。

「あの——申し訳ありません。私たち、内輪で二人だけでお式を挙げてしまいました」

ジャクソン夫人の眉間にシワが寄った。

「なんですって？　由緒あるブレア家の長子の結婚式を、そんな簡素に挙げてしまったとおっしゃるの？　身内に連絡もなしに、失礼極まりないわ！　どういうおつもり？」

アデルはその声の鋭さに、肝が冷えた。

なかなかにローレンスの身内は手強い。

夫の親戚づきあいは、新妻の試練だと自分に言い聞かせ、できるだけ誠意を持って答えた。

「ローレンスさまは、非常に現代的で進歩的なお考えの持ち主であられます。昨今は、大げさにせずに愛するもの同士だけで、結婚の儀式を執り行う夫婦も多いと聞きます。その、なんといいますか、形より、二人で新しい人生を歩む決意表明としての結婚式で――」

再びアンナとメアリがきゃあっと声を上げる。

「それ、新大陸式の結婚式よ。ステキ、なんてクールなの！」

「二人だけで愛を誓うなんて、ロマンチックすぎるわあ」

ジャクソン伯爵夫人は顔をしかめて、妹たちをたしなめた。

「ちょっと、あなたたちはロマンス小説の読みすぎよ」

そこへ、ダグラスがお茶の用意をしたワゴンを押して入ってきた。

アデルは素早く立ち上がり、ダグラスに変わってお茶の給仕を始める。

今日はあらかじめローレンスと楽しもうと、乳白色の陶器にうっすら花の紋様を浮かせた品の良いティーカップを用意していた。

そこに香り高い紅茶を注ぎ、一口サイズのマドレーヌも添えて差し出す。

「どうぞ、お召し上がりください。このお菓子は、昨日私が焼いたものです」

むすっとしてカップを受け取ったジャクソン伯爵夫人は、一口紅茶を啜ると、おやっという表情になる。

「あら、とてもよい香りだわ?」

アデルは頷く。

「はい。エルダーフラワーというハーブティーです。寒い日には、身体が温まる効果があるんです」

「なかなか気がきくわね」

ジャクソン伯爵夫人が満足げに目を細める。

マドレーヌを口に含んだアンナが目を丸くする。

「ま、美味しい! お店で売ってるのより、ぜんぜん美味しいわ!」

メアリがカップを舐め回すように見て、言う。

「こんな趣味のいいカップが、この屋敷にあったのねぇ」

アデルはにこやかにお茶のお代りを注ぐ。

叔母たちの雰囲気が、柔らかく解けてくるのを感じた。

ジャクソン伯爵夫人は、窓際のテーブルの上の針箱やハンカチをちらりと見た。

「縫い物をなさっておられたの?」

「はい。ローレンスさまの私物に、お名前を刺繍しているところでした」

「お若いのに、気配りがきくこと」

ジャクソン伯爵夫人は感心したように頷いた。

「それにしても――」

ゆったりとソファに背中を押し付け、ジャクソン伯爵夫人がつぶやいた。

「あのローレンスが、こんな良い方を見初め、結婚を決意するなんてねぇ」

アンナは三つ目のマドレーヌに手を伸ばしながら同意する。

「本当に。あの子、両親が不仲だったから、女性不信だったのよね」

アデルははっとした。

物問いたげなアデルに、ジャクソン伯爵夫人はしみじみと言う。

「ローレンスの両親は結婚当初から、父親が支配的な人で夫婦は不仲だったわ。そのうち、母親は若い男と不倫をし、幼いあの子を捨てて、家を出て行ってしまったのよ。かわいそうに、ローレンスは両親の愛に恵まれなかったせいで、結婚や女性にひどい不信感をもってしまったのね。だから、あの子は父の死後、後を継いでもずっと独身主義を貫いてきたのよ」

「そうだったんですか……」

アデルは結婚に対してビジネスライクだったローレンスの態度の数々を思い出し、彼の心の傷の深さを思いやった。

「私たち、やいのやいのローレンスに結婚をけしかけていたのは、なにも跡継ぎの心配ばかりしていたわけではないのよ。愛を知らないあの子のために、心から愛する女性を見つけて幸せになって欲しかったの」

ジャクソン伯爵夫人は、気持ちのこもった目でアデルを見つめた。

「どうか、アディ。ローレンスを頼みますわ」

アデルは深く頷いた。

「わかりました、叔母さま方。私、せいいっぱいつとめます」

再訪を約束して叔母たちが帰ると、アデルは居間に戻って刺繍の続きに取り掛かろうとした。

だが、叔母たちから聞いたローレンスの生い立ちを思うと、心が痛んでなかなか集中できなかった。

今はすっかり零落してしまったとはいえ、アデルが幼い頃は母は元気で父も酒に溺れることもなく優しく、家庭は円満だった。

アデルには幸せな子供時代を送った思い出がある。

(でも、旦那さまには幸福な家族の思い出がなにもないのだわ——こうやって縁あって結婚したのだもの……あの方に、夫婦や家族の幸せを少しでも上げたい。頑(かたく)なな旦那さまの心を、ほぐしてあげたい)

アデルは強くそう思った。

夕方、経営している会社から帰宅したローレンスは、玄関口でダグラスから叔母たちの不意の来訪の報告を聞いているところだった。

「お帰りなさい、旦那さま」

アデルが玄関ホールで出迎えると、ローレンスはむすっと帽子とステッキを渡した。

「あの小うるさい叔母たちが、勝手に訪問してきたって？」

ローレンスは、見るからに不機嫌だ。アデルはなるだけにこやかに答えた。

「はい。とても明るくて賑(にぎ)やかな叔母様たちでした」

ローレンスは探るようにアデルの顔を覗き込む。

「彼女たちが、なにか君に吹き込んだりしなかったか？」

「いいえ、なにも」

アデルは作り笑いをする。おそらく、自分の生い立ちを知られたとわかると、誇り高いローレンスは傷つくのではないか、と思ったのだ。

アデルは朗らかに言う。

「今夜は、旦那さまの好物のローストビーフにしました。さあ、早く着替えてくださいね」

ローレンスはまだ疑いの表情をしていたが、それ以上は追及してこなかった。

晩餐の席で、アデルはいつになく饒舌(じょうぜつ)になった。

ローレンスの気持ちを引き立たせようと、屋敷で起こった面白いエピソードや失敗談など次々に話して聞かせた。

ローレンスは普段通り鷹揚に受け答えしていたが、好物のローストビーフの食はあまり進まないようだった。

晩餐後、アデルは深夜まで刺繍にいそしんだ。少しでも早く完成させたかったのだ。

夜半過ぎにようやくひと段落つき、手早く入浴を済ませ、ネグリジェに着替えてローレンスの寝室に赴いた。彼はまだ起きていて、読んでいた本をパタンと閉じた。

「随分遅かったじゃないか」

静かだが声に幾分苛立ちが混じっている。

アデルは慌ててベッドに近づいた。

「ごめんなさい、少し縫い物に夢中になってしまって――」

ローレンスがいつになく乱暴にアデルの腕を掴(つか)んで引き寄せた。

「あっ」

つんのめるように彼の上に倒れ込んでしまう。

顔を上げると、すぐそこに端正なローレンスの顔がある。洗い髪が目にかかっているせいか、少し目元が翳(かげ)っている気がした。

「聞いたのだろう？」

ローレンスの声がひんやりしている。

「え？」

「とぼけるな。あのおしゃべり三人姉妹の叔母たちのことだ。私のことを、洗いざらい君にしゃべったんだろう」

アデルは脈動が早くなるのを感じる。

答えないでいると、ローレンスがふっと鼻で笑った。

「君は嘘がつけないね。否定しないということは、聞いたということだ」

「あ……の」

アデルは思わず視線を逸らした。

いきなり顎を掴まれ、顔を引き戻される。

ローレンスの視線が射るように強い。

「独裁者の父親と淫乱な母親の話を、存分に聞かされただろう？　最低な両親の間に産まれた、哀れな息子の話を」

「ご自分の御両親を、そんな言い方……」

「同情はごめんだ」

乱暴に乳房を掴まれ、アデルは呻いた。

「い、痛い……」

「哀れみもいらない」

ローレンスはアデルのほっそりした腕を背中にねじ上げ、うつ伏せにシーツの上に押し倒した。

「苦し……旦那さま、ら、乱暴にしないで……」

ローレンスに上からのしかかられ、アデルはその重みに胸が押しつぶされ、息を喘がせた。

彼の手がネグリジェの裾を大きく捲り上げ、まろやかな尻と滑らかな太腿をあらわにする。

「君は私の子を孕めばいいんだ」

ローレンスの長い足が太腿の間に押し込まれ、両足を大きく広げる。冷たい男の足の感触に、背中が震えた。

ローレンスが細腰を持ち上げ尻を突き出す格好にさせ、アデルの秘所をまさぐってくる。

「つ……ぅ」

心も身体も準備ができていないそこは、まだからからに乾いている。

ローレンスの長い指が、閉じ合わさった花弁を大きく押し開き、そこに昂った剛直を押し当ててくる。

「いや、やめて……っ」

　無理やり挿入される恐怖に、アデルは身を捩（よじ）って逃れようとしたが、腰を引き付けられて一気に貫かれてしまう。

「あうっ」

　乾いた膣襞が巻き込まれて引（ひ）き攣（つ）れ、アデルは苦痛に呻いた。

「やめて——こんな……痛いの」

　アデルは両手でシーツをぎゅうっと握りしめ、痛みに耐えた。

「すぐ、悦（よ）くなる」

　ローレンスは性急に腰を振りたててくる。膨れた先端で、狭い肉路をがむしゃらにこじ開けようとする。

「やあ……あ」

　アデルは悲鳴を上げまいと、唇を強く噛（か）んだ。

　すると、ローレンスが腰を穿（うが）ちながら背中にぴったり覆（おお）い被（かぶ）さり、髪をかき上げて、アデルの薄い貝殻のような耳朶（じだ）に舌を這（は）わせてきた。耳の後ろをねっとりと舐め上げられ、アデルはびくりと肩を震わせた。

「あ、あぁ」

「君の感じやすい弱いところは、もうすっかり知っている」

耳孔に低い声を吹き込みながら、水音を立てて耳殻を舐られると、ぞくぞくと甘い疼きが背中に走る。

「やぁ……ぁ」

「耳の後ろが、感じるのだろう？　そして――」

ローレンスは片手をアデルの股間に潜り込ませ、和毛をまさぐって柔らかで小さな突起を探り当てる。

「んっ、んんぅ」

そこを力を抜いた指の腹で転がされると、思わず隘路がきゅうっと締まった。

「そら、ここをこうしてやると、すぐに硬く尖ってくる――」

円を描くように秘玉を撫で回されると、そこはみるみる凝り、蜜口がじっとりと湿ってくる。

「あ、だめ……ぁ、ああ」

滲んできた愛蜜を指ですくって、さらに陰核をぬるぬると捏ねられると、もはやたまらない愉悦がどんどん高まって、アデルの身体が熱を持ってくる。

感じ始めると、加速度的に感覚が研ぎ澄まされ、媚壁は熱く潤い蠕動を始めてしまう。

肉棒が滑らかに抜き差しを開始する。

「んん、あ、は……あぁ、あ」

ローレンスは秘玉をねっとりと撫で回しながら、剛直を強く打ち付ける。

「もう物欲しげに私を締め付けてくる——口ほどにもないな」

耳元で勝ち誇るように言われ、アデルは羞恥と屈辱に涙があふれた。

口惜しいが、ローレンス好みに染められた肉体は、悦んで彼を受け入れてしまう。

それどころか、悲しみや羞恥に昂った身体は、いつもよりももっと感じやすくなってしまい、あっという間に極みに達した。

「あ、いやぁ……あぁ、早いっ……も……うっ」

膣壁が断続的に収斂を繰り返し、アデルは腰をビクつかせながら極めてしまう。

「……く、は、はぁ……」

シーツに顔を押し付け短い呼吸を繰り返していると、ローレンスが力の抜けたアデルの身体を引き起こし、再び抽挿を開始する。

すっかり濡れそぼった結合部からとろとろに溢れる愛液を指で掬い、上り詰めたばかりで恐ろしいくらい鋭敏になっている花芽をその指で撫で回されると、快感で頭が、真っ白になる。

「やあっ、もうだめっ、しちゃ……やぁあっ」

びくんと背中を仰け反らせると、ローレンスが大きく腰を押し回して突き上げながら、甘く耳朶を噛んでため息で笑う。

「どうした？　また達ってしまうか？　いくらでも、達けばいい」

ずんと、臍の裏側の感じやすい部分を、傘の張った先端で抉られる。

「ひあ、あ、やあ、また……っぁ」

再び鋭く達してしまい、アデルは身体をのたうたせて気の遠くなる愉悦に耐えた。

ひくんひくんと膣襞がうごめいて、勝手に男の肉胴を絞り上げる。

「──ふ、たやすい身体だな」

アデルは蔑まれた気がして、淫らな自分の反応を恥ずかしく思う。

「ひ、どい……旦那さまが……旦那さまが、教えたのに……私に……こんな……」

恨みがましい声を出すと、ローレンスが身を起こし、アデルの尻肉を両手で掴んで、叩きつけるように腰を穿ってきた。

「こんな？」

「ひあああっ」

子宮口を突き破るかと思うほどの激しい衝撃に、アデルは甲高い嬌声を上げる。

「奥が吸い付いて、きゅうきゅう引っ張り込む──こんないやらしい反応をするのは、私のせいだと？」

がつがつと腰を叩きつけられ、アデルはもはや言葉をまともに発することもできず、ただひいひいと喘ぎ続ける。

「んぅ、ん、あ、また……やぁあっ、また、達って……」

アデルはシーツに顔をいやいやと擦り付け、もはやなすがままに揺さぶられていた。

もう何度極めたかわからなくなり、ただ甘く啜り泣いてこの愉悦地獄から解放されるのを待った。

「アディ――」

ローレンスが掠れた声で名を呼び、ぶるっと胴震いした。

「あ……あぁ」

どくどくと最奥に男の精が注がれる。

熟れた肉襞が、全てを搾り取ろうとするように収縮を繰り返す。

「は――」

全てを出し尽くしても、ローレンスはしばらくアデルの胎内を味わうように、そのまま繋がっていた。

「……は、ぁ、は……はぁ……」

静寂の薄闇の中に、アデルの悩ましい息遣いだけが響く。

程なく、膣奥で欲望を発したばかりの男根が、むくむくと膨れてくる。

「あっ？」

まだ快楽の余韻に浸っていたアデルは、びくりと身をすくませた。

ローレンスは、白濁まみれの内壁を掻き回すように、小刻みに腰を揺さぶってくる。

先端が子宮口を捏ねくり回し、うなじのあたりにびりびり響くような喜悦に、アデルは堪らず悲鳴を上げる。

「や、だめ、そこ、いやぁ、そんなに……しないで……ぇ」

「ここも好きだろう？　堪らないだろう？」

ローレンスの剛直は、巧みに正確にアデルの感じやすい箇所を責めてくる。

「いやぁ、いや、あ、おかしく……っ」

アデルは艶やかな髪を振り乱し、全身で強くいきんだ。

自分が自分でなくなりそうな歓喜に、アデルは泣き叫ぶ。

「も、もう、旦那さま、旦那さま、ああ、だめ、お願い、あぁ、また……お願いっ」

理性が吹き飛ぶような媚悦から解放されたい一心で、思わずローレンスの律動に合わせて腰を振りたてていた。

「っ――」

ローレンスが追い詰められた吐息を漏らす。

がくがくと彼の腰が震え、再び大量の欲望が注がれる。

ローレンスの射精と同時に、アデルも果て、四肢を強張らせて喜悦の天国へ飛ぶ。

「——ふ、はぁ、は、はぁ……」

全てを出し尽くしたローレンスが、ぐったりとアデルの上に倒れ込んでくる。

彼の荒い息遣いを耳元で感じると、再び軽く達して、アデルの媚襞がぴくぴく蠕動した。

「——よかった」

ローレンスが密やかな声でささやき、それにも感じ入って、きゅんと膣腔が萎えた肉茎を締め付けてしまう。

アデルは自分が嬉しいのか哀しいのか、わからなくなる。

これほどまでに求められる悦びと、それは全て子どもを孕むための作業だという虚しさが、交互に胸を去来する。

アデルは自分の薄い背中にぴったり押し付けられたローレンスの、少し早く力強い鼓動を感じていた。

そして、その時やっと気がついた。

(私は、この人が好き……旦那さまを、愛している)

夫婦になって随分経つのに、アデルは自分の中の未知の熱く疼くような感情がなにか、わからないままだったのだ。

同情も哀れみもいらない、とローレンスは言った。

では、愛は？

愛は欲しくないのだろうか？

ローレンスの生い立ちを知った時、自分の中に湧き上がったせつない想いは、愛情だった。

だが、差し出した手を振り払うようなローレンスの態度に、アデルはこの気持ちを伝える勇気が出なかった——。


その晩、ローレンスはアディの身体をさんざん貪った。

東の空が白む頃まで、彼女を甘く泣かせ続けた。

終いには、アディは気を失ってしまい、ぐったりとシーツの海に沈んで動かなくなってしまった。

ローレンスは半身を起こし、こんこんと眠りに落ちているアディの乱れた金色の髪を指で弄んだ。

長い睫毛を伏せ、唇をわずかに開いて眠る彼女は、まるで無垢な赤子のようで、今さっきまで自分に組み敷かれて、淫らに悶えていた女と同じ人間とは思えないほど清らかだ。

ローレンスは暗い過去を思い出す。


まだ七歳にも満たない頃だろうか。

深夜に喉が渇いて、水を飲みに自分の部屋から出たローレンスは、隣の夫婦の寝室から母が泣き叫ぶ声が聞こえるのに気がついた。

父は毎日のように、些細なことで母を怒鳴り叱りつけていたので、また母が叱責されて泣いているのだろうか、と心配に思った。

そっと寝室の扉を開け、中を覗き込む。

ベッドで全裸の男女が絡まっていた。

苦しげに顔を歪めて泣き叫んでいるのは、母だ。

そして、母を組み敷いている男は――見知らぬ若い男だ。

父ではなかった。

その時、ローレンスは父は昨日から田舎の領地視察で出張中だったことを思い出した。

母は泣きながら、いい、いいと訴えている。

ローレンスは子ども心に、見てはいけないものを見てしまった、と感じた。

恐怖、怒り、衝撃、絶望──邪悪な感情が、いっぺんにローレンスの小さな胸に渦巻いた。

ローレンス少年はそのまま廊下に飛び出し、嘔吐(おうと)した。


──ローレンスは首を振り、最悪な記憶を消し去ろうとした。

彼はアディを起こさないようにゆっくりベッドを下り、ガウンを羽織って寝室を出た。

喉が渇いていたが、使用人を呼びたくなかった。

まだ薄暗い廊下を進み自分の書斎に赴き、そこに置いてある水差しから水を汲(く)み、喉を潤す。

過去をアディに知られたことが、こんなに激高することだったとは、自分でも思いもかけなかった。

なぜか、アディにだけは同情されたくなかった。同情は偽りの優しさを生む。

晩餐(ばんさん)の時の彼女の態度には、それが感じられて実に不快だった。

そんな自分がまた腹立たしい。

同情ではないものをアディに求めているのか、と自問してしまう。

女に感情を動かさないつもりが、いつの間にかアディには何かを期待している。

ローレンスは混乱した頭を抱えたまま、書斎の隣の居間に入った。

窓際のテーブルの上に、きちんと畳んだローレンスのハンカチと靴下が積み上げてある。その横に、アディの愛用している針箱が置いてあった。

なに気にハンカチを一枚手に取ると、自分のイニシャルと家紋が綺麗に縫い取られていた。

昨夜、アディが遅くまで居間にこもっていたのはこのためだったのか。

細い指を器用に動かして、せっせと針を使うアディの姿が目に浮かぶようだ。

健気で一生懸命で芯のある優しいアディ。

そんな娘は、自分にはふさわしくないはずなのに。

ローレンスは、なにかたまらない気持ちになって、ソファにぐったりと腰を沈めた。


翌朝。

寝不足でうっかり寝過ごしそうになったアデルは、慌てて飛び起きて身支度した。

どうして、メイドたちも誰も起こしてくれなかったのか、と焦りつつ中央階段を玄関ホールへ降りていく。ローレンスが玄関口にダグラスと立っていて、出勤する間際だった。

「申し訳ありません、旦那さま。朝寝坊してしまいました」

アデルが息急き切って近づくと、ローレンスは目線を合わさないまま平坦な口調で言った。

「いや――私が君を起こさないよう、使用人たちに命じたのだ。疲れさせてしまったろうから、寝ていてもかまわなかったのに」

アデルは遅くまでローレンスと身体を繋げていたことを仄めかされたようで、耳朶が赤くなるのを感じた。

「そ、そんなお気遣いいただかなくても――」

アデルは側に控えていたダグラスからステッキを受け取り、ローレンスに手渡した。

「どうぞ」

「うむ――あ、なにか欲しいものでもあるか？　足りないものでも」

唐突に尋ねられ、アデルはきょとんとしてしまう。

「いいえ、なにも。十分すぎるくらいです」

「そうか――」

ローレンスが少し残念そうな口ぶりなので、アデルは前から考えていたことを思い切って口にした。

「あの、お庭の温室を修理させてもいいですか？」

「温室？」

「はい。立派なお庭なのに、彩りがなにもなくて寂しいでしょう。これからお庭にいっぱいお花を咲かせたいんです。せっかく素晴らしい温室があるのですから、そこに旦那さまのお好きな薔薇(ばら)の花を育ててみたくて……」

　ローレンスが目をぱちぱちさせた。

「なぜ、私が薔薇の花を好きだと？」

　アデルは出すぎたかなと思いつつ、答える。

「だって、旦那さまの愛用されている香水が、薔薇の香りなので……」

　ローレンスの目元がかすかに緩んだ。

「庭は君の好きにするがいい」

　アデルはほっとすると同時に、ぱっと気持ちが浮き立った。

「ありがとうございます、旦那さま！」

　ローレンスは、さりげなく胸ポケットからハンカチを取り出した。

「私こそ、ありがとう」

「あ」

　自分が刺繍したハンカチだった。

　アデルがなにか言う前に、ローレンスはくるりと踵(きびす)を返し、玄関を出ていった。

　しばらくぼうっと立っていたアデルは、はっと気がつき、玄関ポーチまで飛び出して、走り出した馬車に向かって大きく手を振った。

「いってらっしゃいませ、旦那さま！」

馬車の窓から、ちらりとローレンスの手が差し出され、軽く振られた。

アデルは嬉しくて嬉しくて、胸がいっぱいになった。

「ありがとう」

初めてローレンスに感謝の言葉をかけてもらった。

この一言だけで、何もかもが救われた。

これから、辛いことも悲しいことがあっても、乗り越えていける、と思った。

第三章　蜜月の二人

「月末、田舎の領地の視察に赴くことになった。半月ほど屋敷を空けることになる」

週末のお茶の席で、ローレンスが切り出した。

彼のお気に入りのシナモン入りのミルクティを注いでいたアディは、結婚してからローレンスが何日も家を空けることはなかった、と気がつき、少し寂しい気持ちになる。

だがそれは顔に出さず、カップを差し出して微笑(ほほえ)む。

「では、旅支度が必要ですね。旦那さま、必要なものをおっしゃってください。私が用意しますから」

「なにを言っている。君も一緒に来るんだ」

アデルは、え？　と顔を上げる。

ローレンスは銀のスプーンでカップを掻(か)き回しながら、何気なさそうに付け加えた。

「新婚旅行もしていないからな」

アデルは心臓がどきどきいい始める。

「私も？　私も旅行ができるんですか？」

ローレンスは頷く。

「観光地ではないので、面白味はないがね」

アデルは思わずローレンスの首に抱きついた。

「いいえ、嬉しい！　私、もうずっと旅行なんてしたことがなかったんです。ああ、わくわくします！」

「なにかとおおげさだね、君は」

ローレンスはまんざらでもない声で言う。

アデルは上気した頬をローレンスに擦り付ける。

「だって、嬉しいんですもの。ああ、そうだ、旅行鞄がないわ。どうしよう」

「ヘンリエッタとハロッズデパートにでも行って、好きな鞄を購入してくればいい。ブレア家の名前を出せば、丁重に案内してくれるだろう」

「はい」

アデルは一旦自分の席に着いたが、もういてもたってもいられなくなり、そわそわしてしまう。

ローレンスは苦笑した。

「今から行っておいで」

「いいんですか?」

「私はもう お茶は充分だ」

「はい、行ってきます」

アデルは満面の笑みで席を立ち、踊り出しそうな足取りで居間を出ていった。

背後でローレンスが相好を崩して見送っているのには、気が付かなかった。


三日後。

慌ただしく旅支度を調え、荷物を載せた旅行用の馬車に乗り込み、アデルはローレンスと連れ立って屋敷を出立した。

「ダグラス、温室の薔薇の苗にお水をやりすぎないように、庭師に念を押してね」

「ヘンリエッタ、クリスマスプディングは、私が帰ってから焼くので、ドライフルーツだけお酒に漬けておいてくださいね」

馬車に乗る直前まで、使用人達に屋敷の指示をあれこれ出しているアデルに、先に乗り込んでいたローレンスが不機嫌な声を出す。

「一日中そこに立っているつもりかね。早く乗りなさい」

アデルは慌てて馬車に乗り込んだ。

馬が走り出しても、アデルは言い残したことがなかったろうかと、心配げに窓から身を乗り出して屋敷の方を見ていた。

ふいに背後から肩を抱かれて、馬車の中に引き戻された。

「あ」

ローレンスがぎゅうっと抱きしめてくる。

「もう、しばらく家のことは忘れなさい。大丈夫、みんな有能な使用人ばかりだなんだから」

「は、はい」

「やっと二人きりになったのだから、屋敷よりも、私を気にしてほしいね」

「え？」

アデルは目を丸くしてローレンスを見た。

ローレンスは咳払（せきばら）いして、身を離した。

「いちおう、新婚旅行なのだから」

アデルははっと気がつき、大きく頷いた。

「そうでした。うんと楽しむことにします」

生真面目に答えると、ローレンスがかすかに白い歯をみせた。

「そうしなさい」


首都を出て郊外に入ると、まるで別世界のようだった。

小麦の刈り入れが終わり、きれいに耕して畝(うね)っている田畑。

畑の中に、赤い丸い屋根の平屋の農家が点在するのが、遠くからはてんとう虫のように見える。

地平線の向こうには雪を頂いた高い山々が連なっていた。

葉が赤や黄色に色づいた森の中を走ると、道路をウサギやイタチ、時には鹿までが通り過ぎる。

森を抜けると、険しい渓谷に入り、はるか眼下には青い大きな湖が広がる。

ずっと貧しい屋敷に閉じこもり、病気の母の世話と縫い物に明け暮れていたアデルは、目にするもの感じるもの全てが初めてで、感動と興奮のしっぱなしだった。

「見て見て、旦那さま。山の向こうに、大きな鳥が飛んで行きますよ。鷹？　というんですか？　なんて大きな翼でしょう」

「あ、そこにたくさん野生のベリーが生っていましたよ。ああ残念、旅行中でなかったら、いっぱい摘んで美味しいジャムを作るのに」

「あの大きな池は？　湖？　湖っていうんですか？　海とは、違うんですか？　真水？　ああ、海の水は塩辛いって言いますものね。そういえば、塩水なのに、お魚は生きていられるものなんでしょうか？」

あまりにアデルがはしゃぐので、ローレンスは呆れ顔になる。

「アディ、道中でそれだけ騒いでは、目的地に着いた頃にはへとへとになってしまうぞ」

窓から身を乗り出すようにして景色を堪能していたアデルは、子どものように目をきらきらさせ、紅潮した顔をほころばせる。

「平気です。どんどん元気が湧いてくるみたいなの」

ローレンスはもはや何も言わず、ただかすかな笑みを浮かべてアデルの様子を見守るだけになった。

数時間かけて、ブレア家の領地である湖沼地帯に到着した。

ブレア家専用のカントリーハウスの前には、領地の村人たち三百名ほどが勢ぞろいして、領主であるローレンスを出迎えた。

ローレンスが先に馬車を降り、彼の手を借りてアデルが姿をあらわすと、領主の結婚を聞きつけていた村人たちの間から、どっと歓声が上がった。

「結婚おめでとうございます！　ご領主さま」

「なんとお美しい奥方さまでしょう！」

ローレンスは顔色ひとつ変えず悠然としていたが、アデルの方はこんなにもたくさんの人々に囲まれて祝福を受けた経験がないので、恥ずかしいやら嬉しいやらですっかり舞い上がってしまう。

「ようこそ、ブレア家の奥方さま。村民を代表して、お祝い申し上げます」

立派な白い口髭(ひげ)の村長が前に進み出て、挨拶した。

村長の後から、晴れ着に身を包んだ天使のように可愛らしい男女の幼児が、手に小さな花束を持って立っている。

村長に促されると、二人は緊張で顔を真っ赤にしながら、ローレンスとアデルに花束を手渡した。

「まあ、なんて綺麗！」

アデルは声を上げ、花束を渡した少年の前に腰をかがめると優しく話しかけた。

「この白いのはレースフラワーね。それとピンクはポピーね。素敵な組み合わせだわ。ありがとう！」

少年は顔から火が出そうなほど真っ赤になった。

「お、奥さまがもっと欲しいなら、おれ、いっぱい採ってくるよ。裏山にうんとこさ、咲いているもん」

彼が自慢そうに言ったので、村長が慌てて注意する。

「余計なことを言うんじゃない、トム」

だがアデルはにっこり笑って、少年の栗色の巻き毛の頭を優しく撫でた。

「嬉しい。じゃあ今度は、私も一緒にお花摘みに連れてってね、約束よ」

少年はニコニコ顔になって、何度も頷いた。

村人たち皆、顔をほころばせた。

アデルの後ろに立っていたローレンスは、目を瞠ってそんなアデルと村人たちの様子を見ていた。

カントリーハウスに入り、使用人たちと荷物を手早く片付けたアデルは、大事そうにもらった花束を空いていたガラス瓶に活け、食堂のテーブルに飾った。

窓際のソファで村長から受け取った年間収支の書類をめくっていたローレンスに、アデルが声をかける。

「旦那さま、お疲れでしょう。お茶を淹れましたよ」

テーブルに着いたローレンスは、アデルからティーカップを受け取りながら、少し改まった口調で言う。

「正直なところ、君には驚かされっぱなしだ」

「え？」

自分の分のお茶を注ぎながら、アデルがきょとんと顔を上げる。

ローレンスは今まで見たこともないような、真面目な表情をしている。

「私は毎年、ここに視察に来ているが、領民たちのあんな寛いだ笑顔など、見たことがなかった。彼らは、領主として私に敬意は持っているが、親愛の情を感じたことなどなかった――だが、君は」

ローレンスはテーブルの上に飾られた花束に視線をやる。

「到着してものの五分で、領民たちの心を掴んでしまった。それは、ブレアの屋敷の使用人たちにも感じていたことだ。アディ、君には人を惹きつける魅力がある」

アデルは一瞬言われたことが頭に入らず、ぽかんとした。

それから、全身が震えるような喜びが湧き上がってきた。

ローレンスに褒められたのだ。

初めて、彼が認めてくれた。

アデルは込み上げてくる嬉し涙をぐっと堪え、紅茶を一口すすった。

それから、思い切ってローレンスに尋ねる。

「それは……旦那さまも、同じ気持ち、ですか？」

今度はローレンスがぐっと言葉に詰まった。

彼は咳払いして、自分の紅茶に集中しているそぶりをした。

返事がないので、アデルはそっとため息をつき、使用人が用意したこの地方の特産のサンザシの実入りのクッキーを齧（かじ）った。

ほろ苦い味が口の中に広がった。


翌朝、うるさいほどの野鳥の囀（さえず）りで、アデルはいつもより早く目が覚めてしまった。隣に寝ているローレンスを起こさないように、そっとベッドを降りる。

ガウンを羽織って、まだ朝もやに包まれているウッドデッキに出る。

首都より気候が幾分寒く、空気がひんやりと澄んでいる。

「ああ、いい気持ち……」

うーんと両手を伸ばして胸いっぱいに深呼吸する。

ふと、ヒノキの床の上に小さな手編みの籠（かご）が置いてあるのに気がついた。

しゃがんで手に取ると、摘んだばかりらしい朝露にまみれた真っ赤なサンザシの実が籠いっぱいに盛られていた。真っ白なレースフラワーが添えられている。

（昨日の花束をくれた少年だわ）

きっとアデルを喜ばせようと、早起きをして摘みにいったのだろう。

可愛らしい少年の顔を思い出し、ひとりでに笑みがこぼれてしまう。

「ふふっ」

「なにを一人でほくそ笑んでいる」

ふいに背後から強く抱きしめられ、アデルは思わず悲鳴を上げた。

「きゃ……だ、旦那さま」

顔を振り向けると、むすっとしたローレンスが真後ろにいる。

寝起きのローレンスは、いつも綺麗に整えている髪がくしゃくしゃで、不機嫌な顔と相まって、拗ねた少年のようだ。

「ほくそ笑んでなんかいません。村の子どもが贈り物をくれたんです」

アデルは手にした籠を掲げて見せた。

「この実でジャムを作りますね。甘酸っぱくて美味しいですよ、きっと」

ローレンスはますます不愉快そうな顔になる。

「君の賛美者からのプレゼントというわけか」

ローレンスがアデルの首筋に顔を埋め、うなじを強く吸い上げた。

「っ……」

かすかな甘い痛みに身をすくめると、今度は腰に回していた両手がガウンの中に潜り込み、薄いネグリジェ越しに柔らかな乳房を掬うように持ち上げた。

「あ……だめ……」

思わず手にした籠を落としてしまう。

ばらばらと乾いた音を立てて、ウッドデッキにサンザシの赤い実が散らばる。

「あっ」

思わず拾おうと手を伸ばすと、その手首を掴まれて背後のローレンスの寝間着の股間に押し付けられた。

すでにそこが硬く盛り上がっているの感じ、アデルはかあっと身体が熱くなった。

「や……離してください」

恥ずかしくて手を振りほどこうとすると、ますます強く抱きすくめられ、耳元で低く囁かれる。

「昨夜は疲れて、君を抱けなかった」

確かに、長いこと馬車に揺られた二人は、夕食を済ますと思った以上に疲れが出て、ベッドに折り重なるように熟睡してしまったのだ。

「だ、だからって……こんな朝から」

アデルが逃れようと身を捩ると、逆に豊かな尻がローレンスの股間を誘うように擦りたててしまい、ますます屹立が膨れるのを感じた。慌てて動きを止める。

するとアデルが観念したのかと思ったらしいローレンスが、再び乳房をねっとりと揉みしだきだす。

「男は朝は、余計に興奮するのだよ。覚えておくんだね、奥さま」

首筋に直に響くバリトンの声に、背中がぞくんと震える。

「わ、わかりましたから……ベッドに戻って……」

「いや、ここでいい。誰もいない」

確かに、カントリーハウスと使用人達の離れ部屋は林を隔てている。

だが、睦言を屋外で行うなど、初心で慎み深いアデルには思いもよらないことだ。

「そんなの、はしたないです……あっ」

必死で腕を振りほどこうとすると、薄い絹越しにきゅうっと乳首を捻りあげられ、悲鳴を上げてしまう。

「せっかく新婚旅行に来たんだ。少しくらい羽目を外しても構わないだろう」

強く捻られた乳首を、今度は優しく撫で回され、じくじくと甘い疼きが下腹部の奥に走る。

「そんな……本来は、し、視察旅行ですもの」

アデルが生真面目に反論すると、乳首をいじりながらローレンスがふっと小さく笑った。

「いや、視察旅行はついでのようなものだ」

「え？」

「嫁いできてからずっと、君は屋敷でコマネズミみたいにくるくる立ち働いてばかりじゃないか。少し、気晴らしも必要だ」

アデルは目を丸くして、ローレンスへ顔を向けた。

「それじゃあ、私のために？」

ローレンスはそれには答えず、片手でアデルのネグリジェの裾を捲り上げ、下腹部をまさぐってきた。

「なんだ、口では嫌がっているそぶりだったが、もうすっかり濡れている」

長い指先がくちゅりと秘裂を暴き、ひんやりした外気にさらされると、ぞくりと腰が震えた。

「んん、だめ……」

「そう言いながら、腰が物欲しげにくねっているぞ」

ローレンスがからかうように言い、ぬるぬると陰唇を撫で上げ、蜜口から溢れる愛液を指で掬い、秘玉に塗りこめる。

「ぁ、あ、そこは、いや……っ」

ぬめった指先が陰核の包皮を剝(む)いて、鋭敏な花芯をころころと転がすと、じーんと甘い痺(しび)れが腰を砕けさせてしまう。

「あ、だめって……旦那さまの意地悪……っ」

アデルは背中を仰け反らし、巧みな指先の与える喜悦に耐える。

ローレンスは彼女の豊かな金髪に顔を埋め、高い鼻梁(びりょう)で頭皮を撫で回しながら忍び笑う。

「だが、私の意地悪が、好きだろう?」

アデルは羞恥に頬を染め、答えることもできずいやいやと首を振る。

するとローレンスは胸をいじっていた手で、器用にネグリジェのリボンを解き、ガウンごと引(ひ)き摺(ず)りおろした。

「あっ、やあっ」

乳房が弾みながらまろび出て上半身が剝(む)き出(だ)しになり、早朝の空気にさらされて乳首がきゅんと凝った。

ローレンスは引き下ろした衣服を、アデルの両手ごと後ろに束ねてしまう。

「あ、やめ……」

振りほどく暇もなく、そのままウッドデッキの手すりに身体ごと押し付けられた。

上半身が前に倒れこみ、期せずして尻を突きだすような恥ずかしい格好になってしまう。

「だめ、離し……あ、んんぅっ」

背後から抱きすくめたローレンスが、再び乳房と蜜口をいじり始め、アデルは声を上げまいと必死で唇を噛み締めた。

「こうされるのが、好きだろう？」

ローレンスは敏感になった乳首を摘み上げ、濡れそぼった花弁を掻き回しながら膨れた秘玉を小刻みに揺さぶってくる。

「んん、んん、ぁ、あ、ひどい……ずるい……ぁあ……」

ローレンスによって官能を開かされた身体は、感じやすい部分を同時に責められ、あっという間に快感のスイッチが入ってしまう。

抗いがたい喜悦に下肢がぶるぶる震え、次第に甘い鼻声が漏れてしまう。

淫らな神経の塊のような陰核を巧みに揺さぶられ、下腹部にじんじんした甘痒い愉悦が駆け巡り、あっという間に上り詰めてしまいそうになる。

「あ、あぁ、も……や、もうっ……だ、旦那さま……っ」

全身が弓なりに仰け反る。

「もう達きそうか？　達っておしまい」

　ローレンスが膨れ上がった花芯をぬめる人差し指で急ピッチで撫で回し、同時に長い中指をぐぐっと媚肉のあわいに差し込んできた。臍のすぐ裏側のたまらない部分をぐっと押し上げられ、アデルはとうとう甲高い嬌声を上げてしまう。

「あああっ、や、だめ、それだめ、あ、あぁあっ、もう、もうっ……っ」

　びくんびくんと腰が浮き、あっという間に達してしまった。

　同時に、熱い愛蜜がどっと吹きこぼれ、膝まではしたなく濡らしてしまう。

「……う、は、はぁ……は、はあぁ……」

　後ろで両手を拘束された恥ずかしい格好のまま、手すりにぐったり身体を預け、せわしなく呼吸を繰り返す。

　内部に挿入されたままのローレンスの指は、ぴくぴくうねる膣襞の感触を楽しむように軽く抜き差しを繰り返している。

「指が引き込まれる――もっと欲しいのだろう？」

　耳元でいやらしく囁かれ、ローレンスの股間の昂りを尻にぐりぐりと押し付けられると、せつない欲望が子宮の奥からきゅーんとせり上がってくる。指ではなく、もっと太く硬いもので埋めてほしくて堪らない。

「んん……は、はい……」

消え入りそうな声で答えると、ローレンスが嬉しげな声を出す。

「いい子だ——ご褒美をあげよう」

するりと指が引き抜かれ、入れ替わりに熱い塊がほころびきった花弁に押し当てられた。

「あ——ん」

待ち焦がれた感触に、歓喜のため息が漏れてしまう。

ローレンスは焦らすように、先端でくちゅくちゅと秘裂を掻き回すだけで、それ以上挿ってこない。

「やあ……あぁ、んんぅ」

アデルがもどかしげに尻を振りたてると、ローレンスが動きを止めてささやく。

「私が欲しい、と言ってごらん」

今朝のローレンスはいつにも増して、気を持たせて意地悪い。

旅先の野外という開放感が、普段と違う気持ちにさせてしまうのか。

それはアデルも同様で、いつもよりもさらに肉体が感じやすいうえ、心の防壁がひどく低い。

「ん……ぁ、ほ、欲しい……です」

かすかな声で言うと、浅瀬を掻き回してた欲望がびくりと震えた。

「もう一度、はっきりと」

ローレンスは追い打ちをかけてくる。

アデルは隘路(あいろ)が飢えきって息も絶え絶えで、声を振り絞る。

「お、願い……旦那さまが欲しいの……ください……」

「よし」

低い返事と共に、熱い肉楔が一気に貫いてきた。

「ああ、あああああっ」

息も止まるような衝撃に、アデルは歓喜の悲鳴を上げる。

ローレンスはいつもの余裕ある動きではなく、まるでなにかに取り憑(とつ)かれたように、がつがつと腰を穿ってきた。

「あ、あっ、あ、激し……あ、すごい……っ」

深く抉られるたびに、アデルの脳芯に真っ白な悦楽の閃光(せんこう)が煌(きら)めく。

「アディ――」

ローレンスの荒い呼吸がうなじにかかり、その熱さに苦しいほど胸が掻き毟(むし)られる。

「あ、あぁ、あ、また……っ」

鋭い絶頂が襲い、アデルは拘束された身体を波打たせた。だが、その波が引く間もなく、

次々と快感の波が襲ってくる。

「やあっ、だめ、あ、だめぇっ」

細腰を抱え上げられ、手すりが軋むほど激しくがくがくと揺さぶられる。

「はぁ、あぁん、あ、あん、ああっ……」

自分の声とも思えない卑猥なよがり声が、朝もやの中に吸い込まれていく。

周囲の視界は白くぼんやりと霞み、この世に初めて誕生したアダムとイブのように二人は互いの肉体だけに溺れた。

あまりに激しく突き上げられ、思考が吹き飛びめまいがしてくる。

「あ、あん、あっ、も……やめ……おかしく、変に……っ」

「可愛いアディ、もっとおかしくしてやろう」

ローレンスは腰を押し回すようにして肉壺を大きく掻き回し、股間に片手を潜り込ませて愛液まみれの指で花芽に触れてきた。

「ひぁ、あ、達く、あ、また達く、あ、あぁぁっ……っ」

重苦しい愉悦と切り込むような鋭い快感に同時に責められ、アデルはもはや幾度達したのかわからないくらい極め、最後には声すら嗄れ果てた。

ただひゅうひゅうと浅い呼吸を繰り返しながら、ローレンスの与える悦楽に溺れる。

もはや精魂尽きて揺さぶられままになったアディの身体を強く抱き寄せ、ローレンスは白濁の欲望を解き放つ。

「……ぁあ、あ、あぁ、熱い……ああ、ぁ……」

体内の奥で、大量の精の迸りを受けたアデルは、唇をわななかせ、四肢の力を抜いた。

ふと気がつくと、嵐のような悦楽は徐々に波が引き、朝もやが薄れてきて、あたりに朝日が降り注いでいる。

二人はぴったり重なったまま、忙しない呼吸を繰り返した。

呼吸も鼓動も体温すら共有するような、この一瞬に、アデルは至上の悦びを感じた。

熱く激しい交わりのもたらす目も眩む快感もさることながら、こうして互いの存在だけを確かめ合っている何もかも出し尽くしたひと時が、一番幸福だ、と思う。

そこには、嘘も見栄も偽りもない。

すべてがローレンスで満たされ、何も言わなくても、彼のすべてがわかったような気持ちになる。

(いつも意地悪で無愛想で、本心を見せてくれない旦那さまだけど——この時だけは、私だけの旦那さまだ、と思える)

アデルは絶頂の余韻に浸りながら、うっとりとそう思った。

焼きたてのライ麦パンと、搾りたての牛乳、採りたての卵というシンプルだが贅沢（ぜいたく）な朝食の後、アデルは村を視察するというローレンスに同伴を願い出た。

「ただの田舎の農村だ。君が見て回っても面白いとは思えないよ。君は使用人と一緒に、すぐそこの湖で遊覧船にでも乗って、楽しんだほうがいいのではないか？」

ローレンスは当初はそう渋っていた。

「いいえ、私はブレア家の嫁です。旦那さまに関わることはすべて、知っておきたい。この辺りは、自然も野花も豊かで、それを見ているだけでも楽しいわ。それに——」

アデルは言おうか言うまいか少し迷ったが、早朝からの甘い気分も手伝って、思わず付け加えた。

「旦那さまと一緒のほうが、楽しいの」

ローレンスの見つめてくる瞳の色が、気のせいかとても柔らかになったように見えたが、彼は仕方ないというように肩をすくめた。

「しょうがないな。あとで文句を言ってもきかないからね」

「はい！」

アデルはこっくりと頷（うなず）いた。

用意されていたローレンスの乗馬馬に、一緒に乗っていくことになった。

乗馬をするのは初めてで、よく手入れされてつやつやした毛並みの青毛の馬は、近くで見るととても大きく迫力があった。

ローレンスは鞍の留め具を点検しながら、背中越しにアデルに注意する。

「このノアールはちょっと神経質な馬なので、手を出さないように」

「え？　こんなにいい子なのに？」

アデルはすでに馬の鼻面を撫でていて、ぽかんとした声を出してしまった。

ローレンスは驚いたように振り返る。

ノアールは気持ちよさげに目を細め、アデルに撫でられるままになっている。

ローレンスが呆れたようにその様子を見た。

「君の魅力は、動物にも通じるようだな」

アデルはこそばゆくて頬を染めた。

ローレンスに抱き上げられ、前鞍に横座りに乗せてもらった。その後ろに、彼がひらりと飛び乗る。

アデルを両腕で挟み込むようにして手綱を握り、ローレンスはしっかり馬のたてがみを掴むように指示した。

彼はアデルを気遣ってか、ゆっくりとした並足で馬を進める。

こうしてローレンスと寄り添って馬に揺られるだけで、アデルは胸がどきどきして気持ちが浮き立ってしまう。

(好きな人と一緒なら、なにをしても楽しいのだわ)

アデルは初めての恋の悦(よろこ)びを、しみじみ噛みしめるのだった。

村の入り口まで来ると、道端で遊んでいた子どもたちが、わあっと歓声を上げて取り巻いた。

「こんにちは、領主さま！　奥さま！」

「こんにちは！」

アデルは満面の笑みを浮かべる。

子供たちの中から、昨日花束を渡した少年が走り出てきて、アデルに手を振った。

アデルは優しく話しかける。

「今朝、素敵なプレゼントをありがとう。トム」

名前を呼ばれ、トムは真っ赤になってはにかんだ。

アデルはローレンスに声をかける。

「旦那さまが村を巡回なさっている間、私はここらを見て歩いてもいいですか？」

ローレンスは鷹揚(おうよう)に頷いた。

馬から下ろしてもらったアデルは、トムに手を差し出す。

「トム、昨日の約束よ。お花がいっぱい咲いている場所を案内してちょうだい」

トムは自分の手をごしごしシャツで拭いてから、そっと差し出した。

小さな手を握ると、アデルの胸に温かい感情が込み上げる。

（ああ、子どもってなんて可愛らしいのかしら。早く、私も……）

そこまで思ってから、ふっとローレンスとは子どもを産むためだけの契約結婚をしたことに気がつく。

二年以内に子どもを産まなければ、即離婚と宣言されたことも――。

浮き立った気持ちがみるみる萎んでしまいそうになる。

だが、村の子どもたちに囲まれて裏山の草地に出ると、一面のポピーの群生の見事さに、すぐに気分を引き立てられた。

「素晴らしいわ！　さあ、みんな、誰が一番綺麗なポピーを摘めるか競争しましょう」

アデルの声掛けに、子どもたちは大はしゃぎで花畑に飛び込んでいった。

ひと渡り村を巡り、それぞれの農家から今年の農作物や家畜の生産状況や問題点を聞き取ったローレンスは、ゆっくりと元の場所に戻ってきた。

どこの農家でも、ローレンスが天使のように美しく優しい新妻を娶(めと)ったことを、手放しで賛美し祝福してくれた。

長年領地を視察してきたが、これほど領民たちを身近に感じたことはなかった。

(不思議だな——アディが来ただけで)

ローレンスはいつになく穏やかな気持ちで馬を進めた。

村の中央の広場に、子どもたちや村の女たちが大勢集まって、なにやらお祭り騒ぎをしている。

ローレンスは下馬すると、なにごとかと広場に近づいていった。

手に手に野花を持った子どもたちが、人型の花束のようなものを囲んではやし立てている。

人々の背後から覗(のぞ)き込んだローレンスは、呆れ声を出してしまった。

「アディ、なにをしている⁉」

「あ、旦那さま!」

ベンチに座っていたアディが、顔を赤らめてこちらを見た。

アディは花だらけだった。

髪にも服にも、色とりどりの無数のポピーの花が挿され飾られている。花に埋もれて、身動きもできないようだ。

ローレンスの声に、村人たちがはっと振り返った。

皆、領主の硬直した表情に、気まずそうにうつむく。

ただ一人、トムだけは平然と自慢げにローレンスに言った。

「領主さま！　ごらんよ、花の女神さまのできあがりだよ！　こんな美しい奥方さま、見たことあるかい？」

トムの母親らしい太めの女性がうろたえながら飛び出してきて、息子の頭をぽかりと叩いた。

「も、申し訳ございません！　子どもたちが調子に乗りまして――奥方さまの大事なドレスを汚してしまいました！」

叱られたトムが、わっと泣き出した。

アディは取り成すようにローレンスに言う。

「旦那さま、怒らないでください。子どもたちがよかれと思って、飾ってくれたの」

アディが喋ると、ふわふわと花びらが舞った。

ローレンスは穴があきそうなほどアディを見つめる。

腹の底がむずむずしてきた。

次の瞬間、ローレンスはぷっと吹き出していた。

「は、は——これはこれは、確かに見事な花の女神さまだな」

アディも村人たちも、呆気にとられたようにくすくす笑い続けるローレンスを見ている。

ローレンスはアデルに歩み寄ると、軽々と横抱きにした。

「では、この女神さまは私がさらっていこう」

「だ、旦那さま」

アディが慌てて首にしがみついてくる。

秘めやかな妖しい花の香りが、彼女の全身から匂いたった。

ローレンスはまだしゃくりあげているトムを振り返り、穏やかな声で言う。

「トム、確かに、こんなに美しい妻を見たのは、初めてだよ。ありがとう」

トムはぱっと表情を明るくし、鼻をすすり上げてにっこりした。

「旦那さま……」

アディが嬉しげに見上げてくる。

ローレンスはなにか気恥ずかしくなり、無言で彼女を馬に乗せ上げ、自分も後ろから跨った。

「では、また明日、視察に来る」

ローレンスは軽くシルクハットを持ち上げ、馬の手綱を返した。

馬が進むたびに、はらはらと花が舞い落ちた。

村人たちが背後からいっせいに声をかけてくる。

「また明日！　ごきげんよう、ご領主さま！　奥方さま！」

アディがおそるおそるといった感じで、ローレンスを振りかえってくる。

「ごめんなさい……調子に乗ってしまって」

ローレンスはその時、声を上げて笑ったのはなん年ぶりだろう、と思った。

笑うとはなんと爽快なことなのだろう。

「いや――なかなかいい格好だ」

アディがほっとしたように微笑んだ。

ローレンスはすかさずささやく。

「戻ってすぐ、君を抱きたい」

「え？」

ローレンスはいつものからかうような口調で言う。

「知っているかい？　ポピーは媚薬に使われるって。つまり、君は私を誘っているということだ」

アディは耳朶まで真っ赤になった。

「もうっ、いやな旦那さまっ」

両手で顔を覆って恥じらうアディに、ローレンスは本当に今すぐここで抱いてしまいたいほどの熱い衝動に襲われる。

（なんて可愛いのだろう――）

ローレンスは心が大きく揺さぶられる。

そして、もはやその感情を否定しようとは思わなかった。

視察旅行から戻ると、ローレンスとアデルの仲はぐっと親密感が増したようだった。

今までは面倒臭げに相槌を打つだけだったアデルの会話に、それとなく受け答えをしてくれるようになった。

例えば、晩餐のメニューの変更とか冬支度の暖炉の薪の量とか、ささいなことにもきちんと話を聞いてくれる。

それどころか、時々はアデルの失敗談などにくすりと笑いを漏らすことすらあった。

アデルは、二人の間が日に日に夫婦らしくなるようで、心が躍った。

ローレンスの目に見えて柔らかくなった雰囲気に、屋敷の使用人たちの表情もここにきた当初に比べて、ずっと明るくなった。

まるで屋敷全体が、活性化したようだ。

晩秋の頃であった。

夕刻帰宅したローレンスを出迎えたアデルは、その朝届いていた彼宛の封筒を差し出した。

「旦那さま、外国便が届いております。差出人のお名前がないのですが——」

「外国便？」

受け取ったローレンスは、中の手紙を取り出し一読すると、さっと顔色を変えた。彼はくしゃっと手紙を手の中で丸めてしまう。

「？　どうなさったの？　どこからのお手紙ですか？」

アデルが怪訝（けげん）な顔で尋ねると、ローレンスは低く抑えた声を出す。

「——母が、訪ねてくる」

アデルはどきんと心臓が跳ねるのを感じた。

「旦那さまのお母さま⁉」

確か、昔恋人と外国に駆け落ちして、ずっとそのまま消息が分からないと聞いていた。

ローレンスが吐き捨てるように言う。

「それも、手紙によると明日、帰国予定だと。何を今更——」

彼は今までアデルが見たこともない恐ろしい表情で振り返った。

「明日は、私は帰宅を遅くする。母が来たら、一歩も屋敷に踏み込ませてはならない。追いかえしてくれ」

アデルは戸惑いながらも、言い返す。

「そんなひどいこと。自分の実のお母さまですよ」

ローレンスの目元が引き攣り、かっと怒りの炎が燃え上がるような気がした。

「母だと⁉　あんな女、親ともなんとも思っていない！」

鼓膜がびりびり震えるような大声を出され、アデルは身をすくめた。

こんな怖いローレンスは初めてだった。

声を荒げてから、ローレンスははっとしたように表情を抑えた。

「すまない、大声を出してしまって――だが、母の顔は二度と見たくないのだ。私の言う通りにしてくれ」

「……わかりました」

アデルはそれ以上この件に触れるのを控えた。

ローレンスの過剰な反応に、彼がどれほど心に深い傷を負っているのか理解したのだ。

（でも――せっかくお義母さまが訪ねて来てくださるというのに。本当の親子なのに……）

アデルは胸を痛めた。

翌日、ローレンスはいつもより硬い表情で出勤していった。

彼の乗った馬車を見送りながら、アデルは傍に控えていたダグラスに声をかけた。

「ダグラス、今日の午後、旦那さまのお母さまがここにお見えになるそうなの」

ダグラスはわずかに白髪の眉を上げたが、普段と同じ落ち着いた口調で答えた。

「そうでしたか――今朝のご主人さまは、いつになく苛立っておいでだったのは、そのためだったのですね」

アデルは途方に暮れて言う。

「旦那さまはお会いにならないって――私に、お屋敷に入れないで追いかえせ、というの」

ダグラスは沈痛な面持ちになる。

「ご主人さまは幼い頃、大奥さまに捨てられたと思い込んでおられ、ひどくお恨みですからね」

アデルはダグラスの言葉になにか含みを感じた。

「そうではない、ということ？」

ダグラスは口を滑らせた、という目つきになる。

無言になったダグラスを、アデルは問い詰める。

「教えてちょうだい。あなたは先代からこのお屋敷に勤めているわね。なにか、事情を知っているのでしょう?」

ダグラスは顔を伏せてしまう。アデルは言い募る。

「私はローレンスの妻よ。あの方のことなら、私はどんなことでも恐れない。世界中があの人の敵に回ったとしても、私はあの人の味方でいたいの。だから、教えてちょうだい」

ダグラスはゆっくり顔を上げ、目を細めた。

「ほんとうに、奥さまほどご主人さまにふさわしい女性はこの世におりません——わかりました。お話しします」

二人は他の者に聞かれぬよう、ローレンスの書斎に入った。

ダグラスは遠い記憶をさぐるように、ゆっくりと語り出す。

「先代さまは古風なお方で、大奥さまを絶対的な支配下に置かれていたのです。まだお若かった大奥さまは、それが辛かったのでございましょう。先代さまのお知り合いの男爵さまと、いつしか懇意になられまして——大奥さまは離婚してほしいと懇願しましたが、世間体を気になさる先代さまは、決して同意なさらなかったのです。ほんとうは、大奥さまは離婚して幼いローレンスさまを一緒に連れて、屋敷を出ていくおつもりでした。けれど跡継ぎであるローレンスさまを先代さまが渡すわけもなく、それは叶わず、とうとう、駆け落ちという形でここを出ていかれました。去り際に、大奥さまは泣きながら、私にご主人さまのことをくれぐれも頼むと繰り返し念を押されていきました。このことは、私の胸にだけ、長いこと収めてまいりました――」

アデルはじっと聞いていた。

「そうだったの……なんて哀しい話なの」

ダグラスはしんみりと言う。

「大奥さまに捨てられたと思い込んだご主人さまは、ご両親を恨み、結婚というものに絶望し、ずっとお独身を通してこられました。それが――奥さまと出会い、ご主人さまは変わられたのです」

アデルは控えめに答える。

「そうかしら……私なんか」

ダグラスはキッと顔を上げた。

「いいえ。最近のご主人さまは別人のように明るく生き生きして、それは幸せそうです。私は奥さまは、この屋敷に命を吹き込んだ女神さまだと思うくらいです」

アデルはダグラスの真摯な言葉に、胸がじんとした。

「――私はそんなたいそうなことはしていないわ。でも、旦那さまを幸せにするためなら、なんでもしてあげたい。その気持ちだけは、誰にも負けないわ」

　ダグラスは目を潤ませて頷いた。

「なんというご立派なお心がけでしょう」

　アデルはしばらく考えてから、ダグラスに命じた。

「もし旦那さまのお母さまがお見えになったら、応接室に通して差し上げて。旦那さまは追いかえせなんて言ったけれど、私の義理のお母さまでもある方ですもの。丁重にもてなして差し上げたいわ。そうね、私のお気に入りのティーセットとハーブティーを用意させておいてちょうだい」

「かしこまりました」

　ダグラスは深々と一礼して、書斎を出ていった。

　アデルは胸に手を当てて、自分に言い聞かす。

「しっかりするのよ。私はこの家の女主人だもの」


　午後、私室でそわそわしているアデルの元へ、ダグラスが来客を告げにやってきた。

「奥さま、大奥さまがお越しです。ご指示どおり、応接室にお通ししました」

　アデルは座っていたソファからぱっと立ち上がった。

「ありがとう。あとは私が接待します」

深呼吸してから応接室の扉を開けると、外国風の幅の狭いスカートの訪問着姿の女性が、窓から庭を眺めていた。庭の花壇は、アデルが植えたコスモスが、今を盛りと一面咲き誇っている。

「お待たせしました。ローレンスの妻の、アディともうします」

アデルが声をかけると、女性はゆっくりと振り返った。

ローレンスにそっくりな、明るい茶色の髪と金色に近いヘーゼルの瞳、色白の美しい婦人だった。彼女の身にまとう薔薇(ばら)の香水のよい匂いが、部屋の中に漂っている。

彼女は柔らかな声で答えた。

「ああ、あなたがローレンスの奥さまなのね。初めまして、ローレンスの母です」

彼女は懐かしそうに部屋の中を見回した。

「この屋敷、何十年ぶりかしら」

アデルはソファをすすめる。

「どうぞ、お座りください。今、お茶の用意を――」

「いいえおかまいなく――屋敷に入れてもらえるとは思ってもみなかったの。ただ――遠縁の者からローレンスが結婚したと聞いて、ひと目、奥さまという方にお目にかかりたかっただけなのよ」

「私に？」

ローレンスの母は頷いた。

「ええ——どうせローレンスは私に会おうとはしないと覚悟してきたから。あなたにお目にかかれただけで、充分」

アデルはもじもじしながら立ち尽くしていた。

ローレンスの母がかすかに微笑む。

「ここに通される時に、屋敷の中を拝見し、今、お庭を眺めていて、ローレンスが幸せなことがわかったわ。私の頃にはできなかった明るく優しく住み心地のよい家になっている。安心しました」

アデルは胸にぐっと迫るものがあり、頭を下げた。

「恐れ入ります」

ローレンスの母は手提げバッグから手袋を取り出すと、手に嵌めながら言う。

「では、私はおいとまするわ。夕方には、また国に帰りますから」

アデルは驚いて引き止めた。

「そんな——どうか晩餐までいらしてください。私がローレンスを説き伏せて、呼び戻しますから」

ローレンスの母は首を振る。

「お気遣いは嬉しいけれど、今のあの子は、私を憎んでいるでしょう。あの子が嫌だというのに、揉め事にはしたくないの」

ローレンスの母は案内なしに、足早に応接室を出ていく。

アデルは慌てて後を追った。

「お待ちください、お義母さま。せめて、お茶を――」

玄関ホールでローレンスの母に追いつくと、扉のところにダグラスが待機していた。

ローレンスの母は扉の前で振り返り、少し切なそうな表情でいう。

「アディ、息子をよろしく頼みます。私がしてあげられなかった分、あの子を幸せにしてあげてちょうだい。私はどこにいても、あの子のことを忘れたことはなかった。ずっとローレンスのことが気がかりだったの。思い切ってここに来て、ほんとうによかったわ」

ローレンスの母は手を伸ばすと、アデルの肩に優しく触れた。

アデルは無理強いもできず、目に涙を浮かべて答えた。

「わかりました。約束します。必ず、ローレンスさまを幸せにします」

ローレンスの母も涙ぐんでいた。

ダグラスが無言で扉を開ける。

ローレンスの母は、かすかにダグラスにうなずきかけ、そしてそのまま振り返らずに玄関扉から出ていった。

アデルはひどく感銘を受けて、そこに立ち尽くしていた。

短い時間だったが、ローレンスの母と話せてほんとうによかったと思った。

（いつか、旦那さまに伝えたい。お義母様はけっしてあなたを捨てていったのではないと――ずっとあなたのことを思っていてくださったのだと……）


夜更けになって、やっとローレンスが帰宅した。

「お帰りなさいませ」

迎えに出たアデルに、彼は硬い声で尋ねる。

「来たのか？」

ローレンスの母のことを言っているのだ。アデルは頷いた。

「はい――すぐにお帰りになりました」

その言葉は嘘でないと、アデルは胸の中で思った。

「そうか」

ローレンスは短く答えた。

「お食事は？」

「外で済ませてきた。もう休む支度をする」

ローレンスの上着を脱ぐ手伝いをしながら、アデルは思い切って言う。

「あの――もしよければ、少しだけ私に付き合ってくださいますか？」

「ん？　なんだ？」

アデルは明るく微笑んでみせる。

「一緒にクリスマスプディングを作りましょう」

ローレンスは目を瞬いた。

「クリスマスプディング？」

この国では、クリスマスに、ドライフルーツとナッツをたくさん入れて焼いたケーキを食べる風習がある。それぞれの家庭では、母親から代々受け継がれたレシピでそれを作るのが習わしだった。

「はい。毎年実家では、私が作っていたんです。今年は、この屋敷で初めて、私が作るんです。旦那さまにも、参加して欲しいの」

ローレンスが苦笑いする。

「私に？　お菓子など作ったこともないぞ」

アデルは首を振る。

「大丈夫です。さあ」

アデルはローレンスの腕を引っ張って、厨房へ向かった。

廊下を歩いている時、ふとローレンスが眉をひそめて鼻をひくひくさせる。

「——薔薇の香りが」

アデルはどきんとした。

ローレンスの母が身に纏っていた香水の残り香だった。

ローレンスの視線を感じ、アデルは背中に冷や汗が流れた。だが、ローレンスはその以上なにも言わなかった。

厨房に入ると、アデルは愛用のエプロンを腰に巻き、大理石の調理台にローレンスを手招いた。彼女は戸棚から大きなボウルを取り出し、調理台の上に置く。

「ほら、もう材料は全部混ぜてあるの。あとは、家族でおまじないをするだけです」

「おまじない？」

アデルはうなずき、木のスプーンを持った。

「家族で願いごとをひとつだけ思いながら、材料を掻き回すの。それから焼くんです。私がやってみせますね」

彼女はスプーンで、ボウルの中身をゆっくりと時計回りに掻き混ぜた。

胸の中で強く願った。

(ずっとローレンスさまと幸せに暮らせますように)

終わると、アデルはそのスプーンをローレンスに差し出した。

「さあ、旦那さまも願いごとをしてください」

ローレンスは戸惑ったようにスプーンを受け取ったが、黙ってアデルがしたようにボウルの材料を掻き混ぜた。

「お願い、しましたか?」

「うむ——」

アデルは頷いて、ドーム型のケーキ型を取り出し、その中にボウルの中身をあけた。

それを竈オーブンの中に入れて、蓋を閉めた。

「さて、これが焼き上がって、ひと月寝かせたら、クリスマスですよ」

振りかえってローレンスに微笑みかけると、彼はどこか遠くを見ている眼差しをしている。

「——そうだ」

ローレンスがぽつりと呟いた。

「クリスマスプディング――」

彼は瞼(まぶた)を閉じ、記憶を追うような表情になる。

「昔――一度だけ、母と厨房でこうしてケーキの材料を掻き回したことがある。願いごとをしながら――あれは、クリスマスプディングだったんだな」

アデルは黙ってローレンスを見つめた。

彼のまつ毛がかすかに震える。

「今まで、すっかり忘れていた――母との思い出に、いいことなどひとつもないと思っていた」

ローレンスは何かを噛みしめるように顔を天井に向け、しばらくじっとしていた。その口元に、静かな笑みが浮かんでいた。

アデルは鼻の奥がつんとした。

涙を堪え、そっとローレンスの側に寄り添う。

「それは、とてもいい思い出ですわ」

ローレンスが無言でアデルの肩をぎゅっと抱いてくる。

アデルはぴったり彼に身体をあずける。

「そして、これからは私たちで、いい思い出を作っていきたいです」

二人はしばらくじっとそのままでいた。

ぱちぱちと竈の火が弾けるかすかな音だけが、厨房に響く。

「あの人と――話したのか？」

ローレンスが密（ひそ）やかな声を出した。そこには、母親に対する怒りや憎しみは感じられない。

アデルはこっくりした。

「ええ」

「そうか――」

それきり、ローレンスは押し黙った。

アデルは空気を変えようと、少しはしゃいだ声で言う。

「クリスマスプディングには、おまじないのフォーチューン（占い）アイテムを入れて焼くんですよ。切って食べるときに、それが当たった人は、ラッキーなんです」

ローレンスの顔に笑みが浮かぶ。

「ほお、入れたのか？」

アデルは得意気に頷いた。

「はい。銀貨が当たったらお金持ち、指輪が当たったら結婚できる、指ぬきが当たったら幸福な人生が送れるんだそうです。どれが当たるかは、当日のお楽しみ」

「そうか――」

ふいにローレンスがアデルの額に口づけした。

「では、私はどれも当たらなくてもよいな」

「え？」

ローレンスが柔らかな金色がかった瞳で見下ろしてくる。

「なぜなら、私はもうそのすべてを手に入れているからね」

アデルの胸に、熱い感動の波がどっと押し寄せる。

「すべてを……？」

「ああ」

アデルは今さっきケーキを掻き回しながら願ったことを思い出す。

（幸せだと……旦那さまが、幸せだと言ってくれた）

アデルはもう堪らず、くすんと鼻を鳴らした。

「アディ」

ローレンスは彼女の口唇に軽く口づけした。

それから、低いがはっきりとした声で囁く。

「――君でよかった」

アデルは瞬間、言葉の意味が頭に入ってこなかった。

「旦那さま――」

思わず、問うようにローレンスを見上げた。

彼はまっすぐ見返してくる。

「君と結婚できて、よかった」

ローレンスの口から、そんな言葉が聞けるとは思っていなかった。

あまりの喜びと感動に、アデルの目にみるみる涙が浮かんだ。

「旦那さま……私」

アデルはぽろぽろ涙をこぼしながら、ローレンスの胸にしがみついた。

「嬉しい……」

震える背中を、ローレンスが愛おしげに撫でさする。

「君こそが、神さまが私に下さったラッキーだ。頑固で冷徹で何事にも無関心だったこんな人間に、君みたいに素晴らしい女性をお与えになってくださった。心から、そう思う」

「旦那さま……」

ローレンスは、アデルの涙でくしゃくしゃの顔をそっと両手で包み、何度も啄むような口づけを繰り返した。

「ん……」

目を閉じてそれを受けているうちに、次第に口づけは深くなり、互いの舌をまさぐり絡め合い、思いの丈を伝え合うような情熱的なものに変わっていく。

「は……あぁ、ん、んぅ」

アデルも夢中になって口づけに応えるが、ローレンスの巧みな舌が感じやすい口蓋の奥を刺激してくると、すっかり身体の力が抜けて骨抜きになってしまう。

「……ふ、は、はぁ……」

うっとりした目でローレンスを見上げると、彼もまた愛情のこもった眼差しで見返してくる。

「――可愛い。寝室にいこうか」

アデルはあっと気がついて、抱き上げようとしたローレンスを押しとどめる。

「あの、ケーキを焼いていますから。火加減をみていないと……」

すると、ローレンスはひょいとアデルの腰を抱き上げ、そのまま大理石の調理台に押し倒した。

「では、ケーキが焼きあがるまで、ここで我慢する」

そう言うと、彼はやにわにアデルの部屋着の裾を捲り上げた。

太腿を大きな手がまさぐってくるので、アデルはうろたえる。

「あ、だめ、こんなところで……ぁっ」

秘裂を指先でくちゅりと探られ、甘い声が漏れてしまう。

「かまわない。ケーキは作れないが、君を料理するのは、得意だぞ」

ローレンスは少しおどけた声を出すと、そのままアデルの唇を強く塞いできた。

「あ……んんぅ、ん、ん……ぁ、ああ……ぁ」

夜更けの厨房に、甘いケーキの焼ける香りと、アデルの悩ましい喘ぎ声が漂っていく。

第四章　嵐のような激情

その年の、暮れも押しせまった頃のことだった。

季節外れの未曾有(みぞう)の嵐が国を襲った。

首都付近は台風が逸れていったので、それほど損害はなかったが、地方部はあちこちで直撃に遭い、甚大な被害を受けていた。

「まだ、雨が止(や)みそうにないわ」

屋敷の居間のソファに座り、アデルはびゅうびゅうと窓ガラスを揺さぶる風の音を聞いていた。時折、気遣わしげに外を眺める。

そこへ、ばたんと玄関ホールの方から扉の開く音が響いた。

アデルは弾(はじ)かれたように立ち上がり、小走りで玄関ホールへ出ていった。

雨よけのマントに身を包んだローレンスが、ずぶ濡れで飛び込んでくるところだった。

ホールでダグラスが差し出したタオルで顔を拭いているローレンスに、アデルは声をかける。

「旦那さま、嵐の様子はどうですか？」

ローレンスは前髪の先からぽたぽたと雨雫を垂らしながら、深刻な表情で答える。

「うむ、王宮のあるこの首都は幸い難を逃れたが、農村部は直撃されているという話だ。私の領地も、大変な事態になっているやもしれん」

アデルは秋の初めに視察に出向いた領地の、美しい風景を思い出し、恐怖に震える。

ローレンスはダグラスに言う。

「私はこれから領地に様子を見に行こうと思う。被害が出ていれば、迅速に応対する必要があるだろう。馬車と荷物の用意を――」

「私も参ります！」

アデルは思わず言っていた。

振り返ったローレンスが、真剣な表情でたしなめる。

「馬鹿なことを言うんじゃない。あちらにどんな災害が起こっているか、予想もつかないんだ。君はここで留守番をしているんだ」

アデルは必死で懇願した。

「でも、でも、ここで一人で待っているなんて、心配で心配で堪りません。あの仲良しのトムの一家は、川沿いに住んでいました。安否が気がかりです。この目で無事を確かめたいんです」

ローレンスはアデルの決意に満ちた顔をじっと見た。それから彼は、軽くため息をつく。

「君は——そんな折れそうな華奢（きゃしゃ）な見かけをしているくせに、ずっと頑固だからな。言い出したらきかないし、私が断ったら、こっそり後をついてくるくらいしそうだ——よほど、そっちの方が危ない。わかった。一緒に連れていこう」

アデルはぱっと表情を明るくする。

ローレンスは厳しい声で付け加えた。

「ただし、私の側に必ずいることだ。けっして目の届かないところに一人では行かないように。わかったね」

アデルは深く頷いた。

慌ただしく出立の用意を調え、二人は馬車に乗り込み、領地への道を急いだ。

首都を抜けて側道へ出ると、舗装の行き届いていない道はどろどろに泥濘（ぬかる）んでいたり、時には陥没していたりして、馬車は難儀しながら進んだ。

がたんがたんと大きく揺れる馬車の中で、ローレンスはアデルをしっかり抱きかかえていてくれた。

アデルを気遣い、

「辛くないか？　気持ち悪くないか？」

と、しきりに声をかけてくれた。

アデルは正直、荒海の中の小舟のように揺れる馬車のせいでへとへとになっていたが、蒼白な顔に無理やり笑顔を浮かべて首を振った。

「いいえ、平気です。旦那さま」

道中、落石で迂回したり、橋が流されて別の経路を選んだりで、普段よりも大幅に遅れてブレア家の領地までたどり着いた。

石造りの頑丈な別荘は無事だった。

先触れの連絡を受けていた管理人夫婦が出迎えに来ると、ローレンスは馬車を降りずに窓から身を乗り出して、彼らに問うた。

「領民たちの様子はどうだ？」

暴風雨の音に、ローレンスの声がかき消されそうだ。

「川が氾濫し、防波堤が一部決壊しました。橋が破損し、今、領民たち一同で、懸命に修復作業をしております！」

管理人が声を張り上げる。

ローレンスは御者に命令する。

「このまま、村まで行け」

馬車が向きを変え、村の入り口に向かう。

アデルは馬車の窓に顔を押しつけるようにして、外の様子を見つめていた。

暴風で木々があちこちで倒れ、小麦の種を蒔いたばかりの畑は、土砂で流されて一面泥沼と化している。氾濫した川の水が押し寄せ、どこが道なのかすら判別できない。

村の入り口まで来ると、ずぶ濡れの領民たちが大人から子どもまで、どろどろになって家財を運び出したり、防波堤を修復したりしている。

ローレンスは馬車を止めさせ、自分だけ飛び降りると、中のアデルに声をかけた。

「君はここにいるんだ。わかったね！」

アデルはこくんと頷いた。

ローレンスの姿に気がついたらしい村長が、血相を変えて走り寄ってきた。

「ご領主さま！　おいでになるとは――！」

ローレンスは雨風に負けない声を張る。

「状況は？　防波堤は保っているのか？」

村長も大声で答える。

「川沿いの家は、ほとんど流されてしまいました。今、必死で防波堤に盛り土をして補修しておりますが、一向に嵐が治まらず、遅々として進まない有様です」

村長の声には悲壮感が漂っていた。

ローレンスの周囲に、領民たちが集まってきた。ローレンスは冷静な声で命令する。

「老人と女子どもは、直ちに避難させるんだ。私の別荘は高台にある。あそこを全部開放する。皆、そこに避難するがいい。別荘に備蓄している食料などは、一切自由にしてよい！」

それから彼は、全員を励ますように言う。

「道中、荷馬車十台分の土嚢を買い入れてきた。もうすぐここに到着する。土盛りより、ずっと強度だ。それを男たちで運んで、防波堤を補強するんだ！」

ローレンスが言っているうちに、力強いばんえい馬の嘶きが響き渡り、土嚢を山積みにした荷馬車が次々に到着した。

領民たちから歓喜の声が上がった。

「なんと、助かります！　ご領主さま、感謝いたします！」

ローレンスは厳しい顔で言う。

「礼など後だ。さあ、避難と修復を急げ！」

いっせいに領民たちが動いた。

ローレンスは上着を脱いで腕まくりすると、領民たちに交ざって土嚢を担ぎ上げた。

「ご領主さま、そこまでなさらなくても――我々に指示を出すだけでも充分でございますから」

気を遣う村長の言葉に、ローレンスは真剣な面持ちで返す。

「今はひとつでも多く土嚢を運ぶことだ。私に構うな」

村長も領民たちも敬服しきった表情になり、黙々と立ち働き出す。

アデルは馬車の中で、土嚢を運び出すローレンスたちの姿を祈るような気持ちで見送った。

馬車の横を、避難を始めた領民たちがぞろぞろと通り過ぎる。

アデルは一人一人の顔を確認した。以前視察でこの村で過ごした時に、領民たちの顔をほぼ把握していたのだ。

（まだ、トムの一家が来ないわ……）

アデルは、あの時一番の仲良しになったトムの安否を気遣った。

と、目の前を母親に手を引かれ、トムの遊び仲間の少年の一人が通り過ぎるのに気がついた。

アデルはとっさに馬車から降りた。

「ジャン！」

声をかけられた少年は、目の前にアデルがいることに驚いたように目を瞠る。

「あっ？　奥方さま、どうしてここに？」

アデルは濡れるのも構わず雨風の中を飛び出していき、ジャンに尋ねた。

「トムの家族は？　トムはまだ避難していないの？」

ジャンはくしゃっと顔を歪め、啜り泣き出した。

ジャンの母がその代わりに悄然と答えた。

「奥方さま――トムの家は川の氾濫で流されてしまい、家族の行方もまだわからないのです」

「なんですって⁉」

アデルは全身の血の気が引く思いだった。

とっさに、トムの家のあった方へ走り出していた。

「奥方さま！　いけません、待って――！」

背後から叫ぶジャンの母の声は、いっそう激しくなった暴風雨にかき消されてしまった。

息急き切ってたどり着くと、川の様相は一変していた。

視察に訪れた時は、さらさらと澄んだ水が心地よく流れていた渓流が、今は海のように水流が膨らみ、真っ黒な泥水が山々から流れてきた大量の流木を怒涛のごとく押し流している。

川沿いの家屋はほとんど影も形もなくなっていた。

「ああ……」

アデルは呆然と濁流を見つめていた。

「――ム、トムーっ」

かすかに呼ぶ声が響いてくる。

はっと声のする方を振り向くと、泥まみれになったトムの両親が、声を嗄らして息子の名を叫んでいる。

「おかみさん、トムは⁉」

アデルが声を張り上げて駆け寄ると、トムの母は驚いたように真っ赤に腫れ上がった目を見開いた。

「お、奥方さま、どうして⁉　こんな危険な場所に来てはなりません！」

アデルは彼女の腕にすがって、言い募る。

「トムは、どうしたの⁉」

トムの母は、泥だらけの顔に涙を光らせて嗚咽まじりに答えた。

「あ、あの子は……土石流に家が押し流された時、濁流に呑まれて……行方が……」

「そ、そんな……っ」

アデルはショックで気が遠くなりそうなのを、必死で堪えた。

「大丈夫、あの子は機転のきく子だわ。きっと、どこかで助けを待っているわ。一緒に捜しましょう!」

アデルは見るからに憔悴(しょうすい)しきっている両親をそう励まし、自ら名前を呼びながらトムの姿を探し始めた。

幸い、ここにきて徐々に雨風は治まってきた。

「トムーっ、トムーっ、どこにいるの⁉　返事をしてちょうだい!」

アデルは荒れ狂う濁流沿いに、声を限りにトムの名を呼び続けた。

「――さま……奥方、さま……」

破壊された橋のたもとまで来ると、弱々しい少年の声が聞こえた気がした。

アデルは左右を見回した。

向こう岸の、橋桁が落ちて橋脚だけが残されたたもとに、泥だらけのトムが必死でしがみついている。

「ああトム!　無事だったのね!」

アデルはうれし涙に咽(むせ)びながら、口元に両手を当ててトムに声をかけた。

「今、助けを呼んできますからね!　そこにしっかりつかまっているのよ!」

アデルが人を呼んでこようと向きを変えると、背後から消え入りそうなトムの声がした。

「奥方、さま……おれ、もう、腕がつかれて……もう、だめだぁ」

アデルはぱっと振り返った。

確かにトムはもはや青息吐息で、橋脚にしがみついているというよりは引っかかってるだけの状態だ。人を呼びに行っている間に、そのまま水に呑み込まれてしまうかもしれない。

アデルはじっと川の流れを見た。

雨風が治まってきたのと同時に、水面も徐々に下がってきたように見えた。さっきほどの水流の勢いもない。

「トム、待っていなさい！　今すぐ行くわ！」

アデルはもはや矢も盾もたまらず、履いていた靴を脱ぎ捨て、スカートをたくし上げて腰の周りでぎゅっと縛ると、川に落ちた橋桁をつたって、水の中に入っていった。

「奥方さま、きちゃダメだ！　あぶねえよ！」

一歩一歩こちらへ近づいてくるアデルへ、トムは泣きじゃくりながら怒鳴る。

「大丈夫、一緒にそこにつかまって、助けを待てばいいわ」

アデルはトムを力づけようと、必死で明るい声を出しながら、橋脚までたどり着き、ぎゅっとトムの腕を掴んだ。自分も橋脚につかまり、トムを励ます。

「さあ、私の腕とドレスにつかまって。大丈夫よ、もうすぐにご両親か旦那さまが、助けにきてくれるわ」

トムはわんわん泣きながらアデルにしがみついた。

小さい身体は冷え切っていて、もはや一刻の猶予もないように思える。

「助けてー！　誰が助けてください！　橋のたもとです、ここに子どもがいます！」

アデルは力の限り声を張り上げ、助けを呼んだ。

風が治まってきたせいか、自分の声が遠くまで響き渡る。

「奥方さま、トム！」

トムの両親が血相を変えて向こう岸に現れた。

トムの父親が、ざんぶと川に飛び込み、橋桁をつたってこちらへ向かってくる。

アデルはほっとして、トムに声をかける。

「トム、ご両親が助けにきてくださったわ、もう安心よ！」

アデルは力を失いつつあるトムの身体を抱きかかえ、自分も橋桁につかまり、トムの父親の方へ向かい出す。

川の中央で、父親にトムの身体を引き渡すことができた。

「奥方さま、ご一緒に！」

トムの父が腕を差し出したが、アデルは首を振って急き立てた。

「まず、トムを助けて。もうこの子は限界よ。私はここで待っていますから」

「お、奥方さま、すまねえ」

トムの父親は涙に咽びながら息子を抱えて、向こう岸に向かった。

向こう岸では、トムの母親が両手を必死に伸ばして、我が子を受け止めようとしている。

ぐったりしたトムの身体が母親に抱きすくめられ、岸に上げられた。

アデルは心から安堵(あんど)した。

「さあ、次は奥方さまが――」

トムの父親がこちらへ向きを変えようとしたその瞬間、大きな流木が流れてきて、橋桁にどおんと大きな音を立ててぶち当たった。

「きゃああっ」

凄(すさ)まじい衝撃に、アデルは思わず両手を離してしまった。

ざぶっと水の中に倒れこむ。

「奥方さま！」

トムの父の悲鳴が聞こえた。

「あ、た、助け……っ」

起き上がろうとして足が滑り、がぶっと水を大量に飲んでしまう。

一瞬、意識が遠のいた。

「ごほっ、ごほっ……誰か……っ」

　アデルは水の中でもがいた。

　鼻にも口にも水が流れ込み、息が止まりそうになる。

（ああ、苦しい……私、ここで死んでしまうの？　いや、いやよ……旦那さま、旦那さま、旦那さまーっ）

　胸の中で叫んでいた。

「アディっ！」

　刹那、力強い声とともに身体がぐぐっと抱き上げられ、ざばっと水面に顔が出た。

「あ、あぁ……っ」

　必死で空気を吸い込んだ。

　たくましい腕がしっかり腰を抱えている。

「私だ、しっかりするんだ！」

　目の前に、頼もしいローレンスの顔があった。

「ああ旦那さま……来てくれたのね……」

　アデルは夢中になって彼の首にしがみついた。

「もう大丈夫だ。しっかりつかまっていろ」

ローレンスはアデルの身体を強く抱き直すと、岸辺に向かって川の中を歩き出した。

だが、先ほどの流木が川の中央に引っかかり、川の流れが滞り、水が大きくうねって渦を巻いて、激しい水圧になかなか前に進めない。

もたもたしていたら、再び雨風や水流が激しくなるかもしれない。アデルは切羽詰まった頭の中で思う。

（もし、旦那さまが遭難してしまったら——おおぜいの屋敷の使用人や領民たちはどうなるの？　この人は、私の命より大事なひと……）

アデルは恐怖に耐えながら、ローレンスに言う。

「だ、旦那さま、私のことはかまわないで。どうか、お一人だけでも無事で逃れてください！」

ローレンスは殺気立った目でアデルを見下ろした。

「馬鹿なことを言うんじゃない！　君を見捨てて逃げろというのか？　そんなこと、できるわけがないじゃないか！」

ローレンスはさらに強く彼女の身体を抱き寄せ、じりじりと川岸を目指す。

その時、ごうっという不気味な地鳴りのような音がした。

二人ははっとして、同時に音のする上流に振り向く。

山からの鉄砲水が、激しい勢いで押し寄せてきた。

「だめ、ああだめ！　逃げて！　ローレンスさま、いいから逃げて！」

アデルはローレンスの腕から逃れようと、必死で身を捩った。

「離すものか、アディ。君を失うくらいなら——」

ローレンスは両手でアデルの身体をぎゅうっと抱きしめた。

「死んだほうがましだ」

耳元で絞り出された言葉に、アデルは胸が灼けつくほど熱くなった。

「旦那さま……！」

アデルはローレンスの背中に両手を回し、強く抱きついた。

激流が襲う——と、覚悟を決めた時、太い縄で編んだ大きな網のようなものがばさっと二人に投げかけられた。

二人の身体は網に絡まり、激流からかろうじて難を逃れた。

「ご領主さま、奥方さま！　もう大丈夫です！　今お助けします！」

村長始め領民たちの力強い声が聞こえた。

二人は抱き合ったまま、ゆっくりと川岸に引き寄せられた。

「ああ旦那さま……」

助かったのだ、と思った瞬間、アデルはふうっと意識が薄れてしまった。


「アディ――アディ」

ぼんやりした浅い眠りの中で、アデルは夢のようなものを見ていた。

ローレンスと手を繋いで明るい日差しの中を歩いていた。

もう一人、誰か小さい子どもの温かい手を握っている。

トムの手だろうか。

アデルは首を巡らせて、その子を見下ろそうとした。

そこで、目が覚めた。


信じられない勇気だ、とローレンスは思った。

小柄で華奢なアディの中の、どこにそんな力が潜んでいるのだろう。

領民たちと土嚢を積み上げている作業のさなか、血相を変えたトムの父親が飛び込んできた。

アディが自分の息子を助けに川に入ったのだという。

まず子どもを助け、自分の身は後回しにしたという。

トムの父親の話の途中で、ローレンスは頭が真っ白になって全力で駆け出していた。

(あれほど馬車の中でじっとしていろと言ったのに――)

ローレンスは自分の見込みの甘さに、歯噛みする思いだった。

いつだって、あの娘は自分の思い通りになどならなかった。

ガラス細工のように脆く壊れやすい外見からは、思いもよらない気丈さを持っている。健気に、辛抱強く――そうやって、頑なローレンスの心すら、溶かしていったのだ。

(あんな娘には、もう生涯出会うことなどない)

ローレンスは胸がきりきりと抉られるように痛むのを感じた。

手放してはならない。失ってはいけない。

ローレンスはまろびつつ転げつつ、夢中で崩壊した橋へ向かった。

(アディ、私はまだ君に伝えねばならないことがあるんだ! 死ぬな! 必ず私が助ける! だから、待っていろ!)


「アディ」

そっと瞼を上げると、別荘の寝室のベッドの上だった。

ローレンスが枕元に跪き、手を握って覗き込んでいた。

彼は泥だらけの服を着替えもせず、髪もくしゃくしゃだった。

それでも、この人はなんて美しい——そうアデルは思った。

「ああ——旦那さま」

声がうまく出ない。

「もう大丈夫だ。少し水を飲んだだけで、どこにも怪我はないと、医師が言ったよ」

アデルは意識がはっきりしてきて、はっと目を見開いた。

「トム、トムは？　あの子は、無事なの⁉」

起き上がろうとしたアデルを、ローレンスが優しくたしなめベッドに押し戻す。

「元気だ。あちこち擦り傷はあるが、たいしたものではない。炊き出しのスープを何杯もお代わりしていたよ」

アデルは心から安堵し、背中をシーツに埋めた。

「よかった……」

ローレンスは、少し厳しい表情で言う。

「ほんとうに君はお馬鹿さんだ。君もトムも事故に遭う可能性があったんだぞ。もう、二度と無茶なことはしないでくれ」

「ごめんなさい――」

アデルはしゅんとして小さい声で謝った。

ローレンスは深いため息をついた。

「アディ、私は君にまだちゃんと気持ちを伝えていなかった。君を失わず、間に合ってよかった」

アデルの手を握る彼の手に、力がこもる。

「君を、愛している」

低いコントラバスの囁きに、心臓がぎゅっと掴まれたような気がした。

アデルは今聞いた言葉がまだ信じられなくて、息を詰めてローレンスを見上げた。

泥で汚れた彼の顔の金色がかった瞳は、今まで見た中で、一番優しく美しかった。

ローレンスはまっすぐアデルの青い瞳を見つめ返す。

「愛している。これほど女性に心奪われるとは、思わなかった。君は、私の生涯ただ一人の、大事なひとだ」

ローレンスの顔がそっと寄せられ、アデルの唇をしっとりと覆った。

優しく口唇を撫で、再びつぶやく。

「愛しているよ、アディ」

アデルは胸に溢れる歓喜と幸福感にめまいがした。

身体中に溢れた熱い感情が、涙となって眦から溢れる。

「旦那さま……私も」

アデルは声を震わせる。

「愛しています……もうずっと前から、きっとお会いしたときから、旦那さまのことが好きでした」

「アディ」

ローレンスの声も感動に震えているようだ。

ローレンスはそっと覆い被さり、柔らかく抱きしめてくる。アデルは、彼の体温や息遣いをひしひしと感じ、愛おしさに心臓が早鐘を打ち始める。

二人はしばらく言葉もなく、じっと互いの気持ちを伝え合うかのように抱き合っていた。

やがて、ローレンスがわずかに身を起こし、アデルの顔を覗き込む。

「君と、クリスマスプディングを作った時のことを覚えているか？」

「はい」

「あの時、プディングに願いことをしたろう？　私がなんと願ったと思う？」

アデルがかすかに首を傾ける。

　ローレンスが少し照れくさそうに言う。

「私は願ったのだ。たとえ子どもが産まれようが、産まれなかろうが、君と一生を共にできますように、と」

「えっ？」

　アデルは思わず声を上げげた。

「そ、それって……？」

　ローレンスが深く頷く。

「私は、ずっとずっと、君と生きていきたい」

「あ、ああ……旦那さま……」

　もう言葉にならなかった。

　アデルはローレンスの頭を両手で抱え、ぎゅっと自分に引き寄せた。彼の泥のついた頬に口づけを繰り返し、それから口唇に自分の唇を強く重ねる。

「ん……」

　ローレンスも口づけを返してくる。

　何度も繰り返し、唇を食むような口づけを繰り返し、やがてそれが深いものに変わっていく。

「ふ……んふぅ……」

ローレンスの舌がそろりと口腔に忍び込んできた時、アデルはいつになく積極的に自分から舌を絡めた。

くちゅくちゅと唾液を弾かせ、ローレンスの熱い舌の感触に陶酔し、夢中になって吸い上げた。ローレンスも負けじとばかりに、強く吸い上げ、口腔を淫らに掻き回してくる。

「……っは、はぁ、あ……」

息をも奪うような激しい口づけに、アデルは身体全体がかあっと熱くなり、めくるめく多幸感に気が遠くなった。

子宮の奥深いところから、とろとろと熱い激情がほとばしり、下肢が甘く痺れた。

「んー、あ、あぁ、んんんぅっ」

思い切り強く舌を吸い上げられた途端、きゅんと媚肉が収斂し、アデルは口づけだけで達してしまった。

ローレンスの腕に強くしがみつき、背中を反らしてぴくぴくと全身を震わせた。

どれほどそうやって口づけに耽溺していただろう。

ローレンスは深いため息をついて、そっと唇を離した。

アデルは潤んだ瞳で彼を見上げた。

「愛しているよ」

噛みしめるように言われ、アデルは髪の先からつま先まで、甘い幸福感に満たされた。

「愛しています」

あれほど凄まじかった嵐がいつの間にか去ったようで、窓の外からわずかな日差しが差し込み始めていた。


夕方。

村長とトムを連れた両親が、報告とアデルの見舞いに部屋を訪れた。

随分と体調が戻ってきていたアデルは、椅子に座って彼らを迎え入れた。ローレンスが傍に寄り添うように立った。

村長は今回の嵐による村の被害状況を報告した。幸いに死者や重傷者はいなかった。

最後に村長は、真摯な声で言った。

「今回、ご領主さまが駆けつけてくださり、迅速な対応をなさったおかげで、我々はどれほど救われたことでしょう。このご恩は、子々孫々忘れません」

ローレンスは鷹揚に答える。

「領主として、当然のことをしたまでだ。今回の氾濫で被害にあった家と田畑の損害賠償も、私の方でできる限りさせてもらう」

村長は恭しく一礼し、後ろに控えていたトム一家を促した。

トムと両親はこれ以上ないほど身を小さくし、恐縮しきっている。

アデルは自分から声をかけた。

「トム、元気そうでほんとうにほっとしたわ。ご両親は命がけであなたを助けてくださったのよ。よかったわね」

トムはすでにべそをかいていた顔をぱっと上げた。

「お、奥方さま——ごめんよぉ、おれのせいで、奥方さまがあぶないことになって——おれ、おれ……」

トムはおいおい泣き始める。

アデルはそっと立ち上がると、泣きじゃくっているトムの前に跪き、頭を優しく撫でた。

「泣かないで、トム、あなたのせいじゃないもの。私は無事旦那さまに助けていただいたわ。来年もまたここに来るわ。その時は、一緒にお花を摘みましょうね」

トムは思わずといったふうにアデルに抱きついた。

トムの両親がはっとして止めようとするのを、ローレンスが手を振って抑える。

アデルは震えるトムの背中をさすってやる。

「もういいのよ、もう大丈夫よ、トム」

トムの両親は、ローレンスとアデルに向かって深々と頭を下げた。

一同が去ると、アデルはぽつりと呟いた。

「ほんとうに、子どもって可愛いわ」

背後からローレンスがそっと腰に手を回して、抱き寄せる。彼が耳元で囁く。

「子どもが好きかい？」

「ええ」

「では——」

ローレンスは、耳朶（じだ）や首筋に熱い唇を押し付けてくる。

「あ」

アデルはぴんと肩をすくめる。

「早く子作りをしようか」

ローレンスの悩ましい声だけで、とろんと身体が甘く痺れてしまう。

彼の唇が掠（かす）めるように口唇をなぞってくると、アデルは振り向いて自ら口づけを求める。

「ん、ふ……んんぅ」

濡れた舌同士が触れ合った瞬間、アデルはうなじのあたりに熱い焼ごてでも押し付けられたような衝撃に震え、頭がくらくらした。

ローレンスから愛の告白を受けて、身体はより一層感じやすく甘く反応してしまう。

舌を強く吸い上げられるたびに、下腹部の奥がじんと妖しくうごめく。

「アディ――」

ローレンスは深い口づけを仕掛けながら、アデルのドレスの前リボンをしゅるしゅると解き、コルセットを緩めてみずみずしい乳房を露わにする。

「あっ……ん」

まだ触れられてもいないのに、乳首が淫らな期待につんとはしたなく尖ってしまう。

その赤い先端に、ローレンスがちゅっと音を立てて吸い付く。

「は、あぁ、あ……」

滑った舌先で敏感な乳嘴を転がされると、そこから子宮へじんじんと悩ましい疼きが走り、媚肉がとろりと蜜を吐き出すのがわかる。

「もう蕾がこりこりに硬くなって――」

ローレンスがため息で笑い、凝った乳首を甘く噛んでくる。むず痒い甘い痛みに、腰が砕けそうなほど感じてしまう。

「やぁ……噛まないで……あ、ぁあ」

足がふらついてきたアデルの細腰を抱え、ローレンスは巧みにスカートを外しペチコートを取り払う。薄い絹のシュミーズだけになってしまったアデルを、ローレンスはそっと椅子に座らせ、自分はその前に跪きドロワーズも脱がせてしまう。

「あ……や」

薄いシュミーズを押し上げて赤く色づいた乳首が尖り、下腹部の薄い和毛が透けて、全裸でいるより淫らで恥ずかしい気持ちになる。

「綺麗だ」

ローレンスは羞恥に頬を染めているアデルの顔を見上げ、シュミーズを捲り上げて下肢をむき出しにし、柔らかな太腿に口づけした。ぎりぎり、秘部だけを避けるように口づけを繰り返し、そのままゆっくり頭を下げていく。

小さな膝頭に交互に口づけされると、腰がぶるりと震え、触れられなかった太腿の狭間がきゅんと締まった。

「ぁ……旦那さま……」

焦らされて少しもどかしげな声を出すと、ローレンスは今度はアデルの片足を持ち上げ、ふくらはぎ、踝へと舌を這わせてきた。

「んん、ん」

全神経が、彼の舌の動きを追っていく。

ローレンスは彼女の反応を愉しむようにねっとりと足を舐めまわし、最後に親指の爪先を口腔に含んだ。

「あっ、や、そんな……汚……っ」

驚いて思わず足を引こうとすると、滑らかな舌先が指をねっとりとなぞり、指の間も丁重に舐めまわした。

「ああっ？　あ、ん、あぁっ」

くすぐったさと心地よさが絶妙に混じった妖しい感触が、爪先からじわじわと下腹部へ這い上ってくる。

「や、そんなに舐めないで……んっんぅ……あ」

ローレンスは丹念な舌使いで、アデルの足の指を一本一本舐っていく。

ローレンスに、髪の先から爪先まで、官能的な器官に変えられてしまう。

「は、や、あぁ、あ、あぁん」

もう片方の脚も同じように念入りに舐められ、アデルは白い喉を仰け反らし、椅子の肘掛をぎゅっと握りしめて、迫り上がってくる愉悦に耐えた。

何度も短い絶頂感に襲われる。

股間が自分の垂れ流す蜜でどろどろになるのを、快感でぼんやりした頭の中で感じた。

「もう、我慢できないか？」

アデルがぐったりと椅子の背にもたれてしまうと、ローレンスがちらりと上目遣いで見た。そして、今度は太腿に向かって、じりじりと舐め上げてくる。

「あ……ぁ」

ローレンスの息遣いを股間に感じると、淫らな期待で媚肉がひくんと震える。

彼は両手で脱力したアデルの両足を開き、おもむろに股間に顔を埋めた。

そのまま一気に、包皮から頭をもたげていた花芽を吸い込まれた。

「ひあっ？　あ、あぁ、あああぁぁっ」

凄まじい喜悦に、アデルは腰をびくんと浮かせて瞬時に達してしまう。

目が眩みそうな強烈な絶頂に、アデルはしばらく息をするのも忘れ、びくびくと全身を硬直させ震わせていた。身体がびくつくたびに、じゅっじゅっと熱い愛液が膣腔から吹き出し、ローレンスの口元を卑猥に濡らす。

「……んんん、あ、はぁ、はぁ……っ」

ローレンスは溢れてきた愛蜜を、音を立てて啜り込んだ。

強張っていた筋肉が不意に緩み、全力疾走でもしたように呼吸がせわしなく戻ってくる。

「可愛いね――君のどこもかしこも、食べてしまいたいくらい可愛い」

ゆっくりと立ち上がったローレンスは、上着を脱ぎシャツのボタンを外していく。

アデルは熱のこもった眼差しで、徐々に裸体になるローレンスの姿を食い入るように見つめる。引き締まった上半身が現れると、思わずその筋肉に歯を立てたい衝動にかられた。

ローレンスはわざと見せつけるようにゆっくりと、自分のズボンの前立てを緩める。

アデルは潤んだ瞳で、目の前に現れた凶暴な剛直を見つめた。

見事に反り返り、傘の開いたカリ首の先端から、透明な先走りの雫がしたたっている。アデルの濡れ襞(ひだ)が、それを埋めて欲しくて淫猥(いんわい)に蠢(うごめ)いた。

「私が、欲しいかい？」

アデルはこくんと頷く。

もう身体中が燃え上がり欲情しきっていて、恥じらいも消え失(う)せてしまい、ただただ、ローレンスの熱く太いもので貫いて欲しかった。

「ああ、旦那さま……欲しいです……旦那さまのものを、ここに挿入(い)れてください」

アデルは自ら両足をさらに開き、細い指を蜜口に押し当て左右に押し広げ、愛液の糸を引きながらねだった。

ローレンスが堪(たま)らないというふうに目を眇(すが)めた。

「いいね、その誘い方――美しくていやらしくて、素晴らしいよ」

ローレンスはおもむろに近づいてくると、アデルの身体を両手で抱えあげた。

「あ……っ」

思わず彼の首に縋り付くと、ローレンスはアデルの両足を自分の腰に巻きつかせた。

「欲しいものを、上げよう」

ローレンスはアデルの小さな尻を抱え、ゆっくりと狙いを定める。

熱い先端が、ほころび切った花弁をつんつんと突いただけで、そこから蕩けてしまいそうになり、アデルは甲高い嬌声を上げた。

「は、あぁ、あ、やぁ、だめ、もう……早く、旦那さま」

弾む乳房をローレンスの胸に押しつけ、もどかしげに腰をくねらせる。

「いくよ」

艶めいたバリトンの声でつぶやかれ、ずぶりと一気に貫かれた。

「あぁあああっ」

脳芯まで突き上げられたような衝撃に、アデルはあられもない悲鳴を上げた。

狂おしげに身を捩り、背中を反らせて喘ぐ。一瞬で達してしまい、意識を飛ばしかけてしまった。だがローレンスがゆっくりと深い抽挿を開始すると、はっと我に返り、必死に両手を彼の首に巻きつけてしがみつく。

　宙吊り（ちゅうづ）の体位で貫かれているので、勢いよく男根を打ち付けられると、そのまま落下しそうな恐怖にも襲われる。

「あ、あぁん、あ、あん……あぁ」

　真下からずんずんと子宮口を突き上げられると、全身の穴という穴が緩んでしまうような感覚に襲われ、身体の奥の方からなにか溢れてきてしまう。

「は、あ、そんなに、激しく……しないでぇ」

　初めての体位で、初めての箇所を突き上げられる恥ずかしさと共に、どうしようもない熱い興奮が全身を駆け巡り、いっそう淫らに感じてしまう。

「すごく――締まる――感じているんだね、アディ」

　上下に激烈に揺さぶりながら、ローレンスが息を乱す。

「いや、いや、見ないで……」

　あられもなく喘いでいる顔を見られたくなくて、アデルは汗ばんだたくましい男の肩に顔を埋めて身体を波打たせる。

「恥ずかしいことはない――君が感じれば感じるほど、私は嬉しいんだ。ほら、顔を上げて、舌を出して」

ローレンスの悩ましい声に誘われ、言われた通りにすると、差し出した舌を強く吸い上げられ、さらにがつがつと腰を穿たれた。

「ぐ……ふぅ、む、むううっ、あぁううぅ」

息を奪うくらい強く舌を捕らわれ嬌声を奪われた分、どうしようもない歓喜は逃げ場を失って全身を毒のように犯した。

ローレンスはアデルがどう感じているか、手に取るようにわかるらしく、彼女の一番感じやすい弱い箇所をこれでもかと剛直の先端で押し上げた。

「ひぅ、う、は、やぁ、だめ、そこだめ……だめ、はぁぅ……」

どろどろの口づけの間から、アデルは必死に懇願する。

溢れてしまう。

なにかが溢れて、漏れてしまう。

「ここがいいのか？　アディ、ここか？」

いやいやと首を振りたてても、ローレンスは容赦なくそこを穿ち続ける。同時に、ちぎれるほど強く舌を吸い立てられ、アデルの頭は真っ白に染まった。

「ひぅ、あ、だめ、なにか、出ちゃう……あぁ、旦那さま、やめて、私、わたし……っ」

それは失禁する直前の感覚にも似ていた。

「出してもいい、アディ、漏らしておしまい――そら」

やめてやめてと懇願しているのに、ローレンスは絶え間なく律動し、硬い先端がごりごりと中を抉りこむ。

アディは堪らず、口づけから顔を振りほどき、全身をぴーんと力ませ、泣きながら達してしまう。

「あああぁあ、あ、達く……あぁあ、だめぇぇぇっ」

ばしゃっと大量の熱い潮が結合部から吹き出し、互いの下腹部から床までびしょびしょに濡らした。

刹那、アデルの全身からすうっと力が抜けた。

魂ごともっていかれたかと思った。

ぐったりしたアデルの身体を抱えなおし、ローレンスはさらに腰を蠢かせて、最奥をぐちゅぐちゅと泡立てた。

「……や、あ、も……や……」

ぐらぐら揺さぶられながら、アデルは息も絶え絶えだった。

失禁してしまったことも衝撃だった。

「中で達したんだね――アディ、君の身体がさらに成熟したんだ」

派手な水音が響き、アデルは羞恥に顔を伏せる。

「いや……こんな、汚い……」

ローレンスは喜ばしげに言う。

「汚くはない。女性はあまりに感じすぎると、こうやって潮を漏らしてしまうものなんだ、アディ、君がとても感じてくれて、悦かった証拠だよ」

ローレンスは繋がったまま、そろりとアデルの両足を床に降ろし、彼女の身体をテーブルに押し付けると、片足を大きく持ち上げて、再び抜き差しを開始した。

「あ、あぁ、あ、もう、もう許し……っ」

大きく股間が開き、ローレンスから濡れに濡れた結合部が丸見えになっていることに、恥ずかしさは極地になる。

「ああいやらしいね——ぐちゃぐちゃに濡れた君の花弁に、私のものが見え隠れして——」

「いやぁん、言わないで、そんな……あ、ああ、あ」

恥辱にピンク色に染まった肉体を波打たせると、最奥がビクビク震えて、再びぴゅっと透明な愛潮が吹き出した。

「ああまた吹いたね」

「いやぁ、どうして……あぁ、止まらないのぉ……」

恥ずかしいのに気持ちよくて、アデルは甘く咽び泣きながら何度も潮を飛ばした。

媚壁が絶え間なく収縮を繰り返し、ローレンスの肉胴をきつく絞り上げる。

「やぁ、また……あぁ、もう、また、達っちゃ……達っちゃう」

繰り返し繰り返し、絶頂を上書きされ、アデルは数え切れないくらい極めてしまった。

もうだめだと思うのにローレンスが巧みに弱い箇所を責めてくると、再び上り詰めてしまう。

ローレンスと繋がっていると、永遠に極め続けてしまいそうで、かすかな恐怖すら覚えた。

だがやがて、膣襞が頻繁に収斂を繰り返し、最後の悦楽の大波が襲ってきた。

ローレンスの欲望もびくびくと脈動を始め、彼も終わりが近いことを告げている。

アデルは力なく彼の首に回していた両手に力を込め、ぐっと引き寄せて唇を求めた。

「ああまた、達きそう……お願い、ローレンス、来て……っ」

「私も出そうだ——アディ、一緒に達こう」

二人はくちゅくちゅと舌を絡ませ、互いの律動のリズムを合わせる。

何もかもがローレンスと繋がっていると思えるこの瞬間、一緒に二人だけの愉悦の天国に昇っていく幸福感。

もうローレンスしか見えない、彼しか感じない。

「あぁ、あ、すごい、旦那さま、旦那さま……っ」

「く──出すぞ、アディ、君の中に──っ」

ローレンスが最速で腰を揺さぶった。

アデルは身体が浮き上がり快感に蕩けてしまうような絶頂に達する。

「あぁあぁあ、あ、あぁあぁぁああぁっ」

「っ──アディ──っ」

最後に勢いよく子宮口を突き上げられ、アデルの媚肉がきゅうっと強く窄まった。

同時に、ローレンスの熱い欲望の飛沫が噴き上げられる。

「ん、ふ……ふぁ、あ……」

ずん、ずんと最後の一雫まで出し尽くされ、穿たれるたびに再び軽く達してしまった。

熟れた柔襞が蠕動して、ローレンスの白濁を奥へ奥へと呑み込んだ。

「……は、はぁっ、は……はぁ……」

全てが終わり、二人は緩やかに絶頂の極みから下降し、けだるい余韻を噛みしめる。

ローレンスが持ち上げていたアデルの足を、そっと下ろしてくれるが、もう足が萎えてしまい、彼女はぐったりとテーブルに崩折れた。

「ああ……こんなの……初めて……すごくて……悦くて……」

アデルは振り乱した金髪に顔を埋め、陶酔した声で呟く。

ローレンスの手が、そっと髪の毛を掻きあげてくる。

「私もだよ——君は、抱けば抱くほど、素晴らしい」

睦んだ後に肉体を褒められると、少し照れくさいが素直に嬉しい。

「旦那さま……好き……」

甘えるように言うと、ローレンスが身をかがめて汗ばんだ頬に口づけしてくれる。

「私も大好きだ——アディ」

それからローレンスは、脱力しきったアデルの身体をそっと横抱きにした。

「すっかりひどい有様にしてしまったね。このまま、浴室に行こう」

「はい」

こんな風にお姫様みたいに抱かれて甘やかされて、幸福に胸が弾けそうだ。

「綺麗に隅々まで洗ってあげよう」

歩き出しながらローレンスが囁く。

「そして——今度はベッドでゆっくり愛し合おう」

アデルは思わず声を上げてしまう。

「ま、まだ、ですか?」

ローレンスは平然と笑う。

「奥さま、まだまだ夜は長いよ」

ついに気持ちを通じ合わせた二人は、その夜情熱的に互いの身体を求め合った。

幾度も幾度も愉悦を極め、上り詰めては欲し、愛し合っては果てた。

あれほど荒れ狂っていた嵐が嘘のように、夜空には満天の星が瞬いていた。

第五章　暴かれた秘密

新年を迎えたばかりの早朝。

アデルはきれいに整備された温室の中で、蕾を膨らませた早咲きの薔薇(ばら)の世話に余念がなかった。

（この分だと、明日の旦那さまのお誕生日に間に合いそう。開いたばかりの白薔薇を、お祝いの席に飾ってあげよう）

明日のことを考えると、わくわくと胸が躍ってくる。

そう、明日はローレンスの三十一歳の誕生日なのだ。

ローレンスには内緒で、屋敷の者たちとお祝いの準備を着々としていた。

ふとアデルは、枝切り鋏の手を止めると、コルセットの内側に忍ばせていた手紙を取り出した。

おととい自分に届いた手紙で、もう幾度も読み返しているものだ。

差出人は、父であるバーネット男爵だった。

『愛しい娘アデルや。

元気にやっていることかと思う。お前の立場を思いやって、今まで連絡を取らずにいたのだが、これだけはどうしても伝えたくて筆をとった。

お前のお母さんは、国一番と評判の高い医師に診てもらい、良い薬と的確な治療で、見違えるほど元気になった。

それは、お前から内々に送ってもらっていた治療費のおかげでもあるのだが、――その医師は、ブレア伯爵殿が紹介状を手回しして、こちらに送ってくださったので治療をしてもらえたのだ。地位と名誉の高いブレア伯爵殿でなければ、到底手に入らない紹介状だ。ブレア伯爵は、お母さんの長患いのことを聞き及んでおられたらしい。このことはお前には内密にということだったが、私はどうしてもこれだけは伝えねばならないと、思ったのだ。

彼は思った以上の人格者だ。お前はきっとあの人の元で、幸せになるに違いない。

どうか、ブレア伯爵に心を込めてお仕えし、末長く元気でいておくれ。

父より』

バーネット男爵の筆跡はしっかりしていて、彼が酒をやめていることをしのばせた。

アデルはローレンスへの感謝で胸がいっぱいになる。

自分が病んだ母のことを常日頃から心にかけていたことを、ローレンスは気が付いていてくれたのだ。そして、知らないところで救いの手を差し伸べてくれていた。

一番の気がかりだった母の容態が良くなって、アデルの心の重責がずいぶんと軽くなった。

（ほんとうにありがとうございます。旦那さま……愛しています）

手紙を抱きしめて、目を伏せて感謝の言葉を胸のうちでつぶやいた。

「やっぱり、ここにいたのか」

ふいに温室の入り口にローレンスが現れ、声をかけてきた。

アデルは慌てて手紙をコルセットの内側に押し込み、園芸用のエプロンを外しながら振り向いた。

「おはようございます、旦那さま。ごめんなさい、今朝は早出でしたか？」

ローレンスは穏やかに微笑(ほほえ)む。

「いや、その逆だ。今朝の会合が延期になったので、出勤は昼出でよいことになった」

「まあ、そうでしたか。では、朝ごはんにしますか？」

ほっとしてエプロンを温室の隅のフックに掛け、ローレンスに歩み寄った。

ローレンスとアデルは、ちゅっと朝の挨拶の口づけを交わす。

ローレンスは顔を離すと、素早くアデルの腰に手を回して引き寄せた。

「それより、君が食べたいな」

「もう――朝からそんな……」

アデルは頬をピンク色に染め、彼の腕から逃れようとした。

あの嵐の日に心を確認しあってから、ローレンスは二人だけだとすっかりでれ甘になってしまい、所構わずアデルを抱こうとするのだ。

「せっかくの午前の自由時間なんだ。楽しく過ごそう」

ローレンスはふと、フックに掛けてあったエプロンに目を留める。

「君のエプロン姿も、なかなかそそるね」

アデルはますます顔を赤らめる。

ローレンスはエプロンを手に取ると、差し出した。

「もう一度、着けてみせてほしいな」

エプロンくらいなら仕方ないだろうと、アデルは受け取った。

ローレンスが悪戯っぽく付け加える。

「エプロン以外はなにも身につけないで」

「え？」

アデルは何を言い出すのかと、呆(あき)れ返る。

「もう、冗談はやめてください」

ローレンスは口元をわずかに持ち上げ、妖艶に微笑んだ。

「本気だよ。どうせこの温室は君と庭師しか来ない。庭師は裏庭の剪定中だし、こんな機会はまたとない。さあ、早く」

確かに庭の南端にあるこの温室には、誰も来ないだろう。だが、さんさんと朝日の降り注ぐひときわ明るい温室で、そんな恥ずかしい格好などできるわけがない。アデルは一度言い出すと聞かないローレンスの性格を知っているだけに、困り果てる。

躊躇しているアデルに、ローレンスが促す。

「さあ」

アデルはため息をついた。

「ちょっとだけですよ」

裸になるよりはましだろうと思い直し、大きなヤシの木の陰に行くと、ドレスを脱いだ。

一糸まとわぬ姿になり、縁にレース飾りがついた胸当て付きのエプロンを身にまとった時、これは全裸よりも恥ずかしい格好だと、とやっと気がついた。だが、今更逃げられそうにない。

「着替えたかい？　出ておいで」

ローレンスが声をかける。

アデルは思い切って、そろそろと木陰から出ていった。

「お――」

ローレンスが感嘆の声を漏らす。

「思った以上に、似合うね。大きな胸が、胸当てから半分はみ出しているのが、なんともそそる。全裸より、少しばかり隠している方が、劣情を煽（あお）るというのは本当だな」

「そんないやらしいこと、言わないで」

羞恥に全身がピンク色に染まる。

うつむいて声を震わせる。

「も、もういいでしょう？」

「いや、くるりと後ろを向いて」

アデルは顔から火が吹き出しそうだった。

そう言われる前に、このおふざけを終わらしたかったのに。

「い、いやです」

「どうして？　いいじゃないか、さあ」

「意地悪。わかっていて、おっしゃっているのね」

アデルが恨みがましい目で睨（にら）むと、ローレンスは面白そうに笑う。

「でも、意地悪されるのも、好きだろう？」

そう言われては、なすすべもない。

「もう――見るだけですよ」

ゆっくりと背中を向ける。

後ろは首と腰で結んだエプロン紐のみで、背中もお尻もむき出しだ。まじまじ眺めるローレンスの視線が、肌にちくちくと刺さるようだ。

「おお、綺麗だ」

ローレンスが感に堪えないという声を出す。

「なめらかな背中の曲線、ぷりんと弾むお尻。神の創った生き物の中で、最高に美しいフォルムだ」

ローレンスが近づいて来る気配がしたので、アデルは慌てて身体を振り向いた。

彼は長い腕を伸ばし、エプロンの胸当ての上から乳首のあたりを親指の腹でまさぐった。

「あっ、ぁ、だめ……」

外気に触れたのと恥ずかしさですでに尖りはじめていた乳首は、指の刺激でさらにつんと布地を押し上げて凝ってしまう。

「胸が透けて、さらにいやらしくなったぞ」

硬くなった乳首を何度も摘まれると、甘い快感がじわじわ下腹部を刺激してくる。思わず腰がむずむず揺れそうになって、慌てて身を引いた。

「だ、だめ。見るだけって――」

ローレンスは素直に手を引っ込めた。

「わかった。見るだけだ」

ほっとしたのもつかの間、さらに恥ずかしいことを命令されてしまう。

「では、そこで自分で慰めてごらん」

「な――っ」

最近は、閨(ねや)でローレンスに様々な性技を教え込まれ、自慰もそのひとつだった。

ただ、アデルはローレンスを誘う行為のひとつだと思っていて、一人で行ったことはなかった。

「ば、ばかなことをおっしゃらないで……っ」

ローレンスは懐中時計を取り出し、わざとらしく時間を確かめる。

「早くしないと、大事な午前中が終わってしまうよ」

アデルは軽くため息をついた。

普段忙しく働いているローレンスの心の慰めになるのなら、自分の恥ずかしさくらい我慢しようと思った。

「わかりました――」

そろそろと胸当ての内側に手を差し入れ、柔らかな乳房をまさぐった。ひんやりした自分の手の平の感触がなんだか心地よい。

「ん……」

睫毛を伏せ、やわやわと左右の乳房を揉みしだき、時々指の間に尖った乳首を挟んで摘み上げたりした。蜜口がじゅんと潤んで、媚肉がせつなく締まる。

「もう片方の手がお留守になっているよ」

そう促され、片手を股間に下ろし、エプロンの上から股間をまさぐる。

「あ……ん」

じんと甘い痺れが走り、思わず太腿をきゅうっと閉じ合わせ、自分の手を強く挟み込んだ。

「そう、いいね。もっと、自分が感じるようにしてごらん」

目を瞑っていても、ローレンスに全身を舐めるように凝視されているのが痛いほど感じられ、それがなぜか全身を淫らに熱くしていく。

「あ、あぁ、あ……」

挟み込んだ指を秘裂の間に突き入れて、円を描くように撫で回す。

腰が淫らに疼いて、新たな愛蜜が溢れてきて、エプロンの布地に恥ずかしい染みを広げた。

「ん……あ、ぁ、ああ……」

はしたない鼻声が漏れてしまい、下肢が甘く震えてもう立っているのが困難になった。

ふらふらと腰が頽れ、側の白い花を開いているプルメリアの木にもたれかかった。

凝った乳首を揉みほぐすように擦ると、じんとした快感に腰がひとりでに浮き上がってしまい、閉じていた足が開いてしまう。

「や……あ、はぁ、あぁ、ん」

陰唇がほころんでひくつき、さらなる刺激を求めてくる。

アデルはいつの間にか、直に蜜口をいじり始めていた。

ぬるぬると掻き混ぜるように指をうごめかすと、朝の静寂な温室の中に、くちゅくちゅと愛液の弾ける卑猥な音が響いた。

その音が恥ずかしさに輪をかけるのに、身体はなぜかますます感じやすくなってしまい、媚肉がひくひくと求めるようにうねってしまう。

「や、あ、あぁ」

アデルは仰け反って潤んだ陰唇を撫で回していたが、ローレンスが、

「ものすごく淫らでそそるね。もっと感じたいのだろう？　賢い君は、どこをいじればいいか、

わかってるよね」

と、低い艶っぽい声で誘うように言うと、もう堪らなかった。

「あ、あぁ、いやぁ……恥ずかしい……のにぃ」

羞恥に震えながらも、濡れた指を滑らし、膨れてじんじん疼いていた秘玉にそろりと触れる。

ひやりとした指先の感触に、腰が跳ねるほど極上の快感が背中を走り抜けた。

「あぁあっ、あ……あぁん」

包皮から頭をのぞかせた花芯をころころと転がすと、えも言われぬほど気持ちよく、身体がびくんびくんと引き攣る。

膣襞が飢えてひくつき、そこに指を埋めて、秘玉を撫で回しながら指で擦りたてたらどんなに気持ちいいだろうと想像するだけで、とろとろと新たな蜜が溢れて膝まで伝っていく。

このままでは、あっという間に極めてしまいそうで、我を忘れてしまいそうで、涙目でそっとローレンスを窺う。

ローレンスは熱をはらんだ金色の瞳で見据えている。

「どうした？　手が止まっているぞ」

アデルは喘ぎながら言う。

「だって……もう、達ってしまいそうなんです」

「いいじゃないか、好きなだけ達けば」

アデルはいやいやと首を振る。

「そんな……私だけ、気持ちよくなるなんて、いや……です」

とはいえ、意地を張った分、ローレンスを欲しいとも言えないでいた。

「そうか――では」

ローレンスがゆっくり近づいてきて、アデルの肩にそっと両手を置き、そっと跪かせた。

彼が自分のズボンの前立てを緩め、自らの半身を取り出す。

すでに雄々しく反り返っている雄茎を目の前に差し出され、そのフェロモンの匂いがアデルの鼻腔を満たすと、ぞくりと背中にはしたない悪寒が走る。

「君の口で、慰めてくれ」

「あ――」

最近、互いの秘所を口唇愛撫で慰め合う性技も教え込まれていた。

だが、薄闇の中での秘め事だから行為もできたのだ。こんなあからさまな明るい場所で、なにもかも晒して行うなんて、恥ずかしさのあまり頭がくらくらし眩暈がしそうだった。

「さあ」

顎を持ち上げられ唇を開かされ、硬く漲った先端を押し付けられた。

抵抗もできず、ぎゅっと目を瞑り、口唇を大きく開いて彼の欲望を受け入れる。

「ふ……んんっ……」

脈打つ肉胴が口腔を犯してくる感触に、背中がぞくぞく震える。舌を伸ばし、太い血管の浮き出た裏筋をなぞり上げ、亀頭の括れまで這わせていく。

「——いいね。そのまま、自慰も続けて」

心地よさげに言われると、恥ずかしさよりも悦びのほうが勝ってきた。

「んんん、んぅ、んんぅ……」

くりくりと鋭敏な陰核を撫で回していると、何度も軽い絶頂に届きそうで、もはや隘路の欲求は抑えがたくなった。

「は、くちゅ……はぁ、んんっ」

唇を窄めて亀頭の先端を吸い上げたり、頭を動かして喉奥まで屹立を呑み込んでは吐き出したりする。

そうしながら、細い指をぐっと膣襞の奥へ突き入れた。じんと痺れるような快感に、両足がさらに大きく開いてしまう。

「……んんん、は、はぁ、ふぅ……ぅ」

小さな口いっぱいに愛する人の欲望を頬張っていると思うと、息苦しさすら陶酔感となり、身体中が甘く満たされる。

　頭上でローレンスの密やかなうめき声がして、彼の両手が下りてきて髪の中に指を埋めて掻き回した。彼が触れてくると、髪も頭皮も悩ましい性感帯に成り代わる。

「む、ふぅ、んんん、あ、ぁふぅぅ」

　ひりつく媚肉が、指をきゅうきゅうと締め付け、熱い愉悦の波が子宮の奥からせり上がってくる。

「んんぅ、んっ、んっ、んんぅっ」

　自分だけ達してしまうのが嫌で、口唇に力を込め、唾液でぬら光るローレンスの男根を、夢中になって舐め扱いた。

「あ――アディ」

　髪の毛を撫で回していたローレンスが切羽詰まった声を漏らし、彼の両手がアデルの頭を抱えて自分の股間に強く押し付けてきた。鈴口が震え、先走りが大量に噴き出し、口の端から溢れ出してしまう。

「ぐ、ふぅ、は、んんん、んちゅ、んんぅぅう……っ」

　喉奥まで強く突かれ、えづきに耐えつつ、アデルも自分の指の抽挿を早めた。

「もう――出る――」

ローレンスの剛直が、ぶるんと口の中で震える。

同時に、アデルの濡れ襞がきゅーっと指を締め上げ、痺れる喜悦に腰がびくびく跳ねた。

「っ――」

ローレンスがぶるりと胴震いし、次の瞬間びゅくびゅくと熱い白濁が喉奥に迸った。

「ん、ぐ、ごく……んんぅ、ごく……っ」

アデルは息苦しさに眦に涙を溜めながら、ローレンスの吐き出す苦い精をことごとく呑み下していく。鼻から抜けるような鋭い精液の匂いすら、アデルの興奮を掻き立てる。

「は……ごく……あぁ、はぁ、はぁん、んんんっぅ」

背中が強張り、強い快感が身体の隅々まで拡がっていく。

ローレンスの欲望を嚥下しながら、アデルもほぼ同時に達してしまった。

「――はぁ」

ローレンスが深いため息をつき、アデルの頭を抱えて腰をそっと引く。

ずるりと口唇から萎えた肉茎が引き摺り出され、アデルは呼吸が解放されてせわしない息をついた。

「――君も、達ってしまった?」

ローレンスが髪の毛を優しく撫でて尋ねる。

「は……い」

恥ずかしくて彼の目を見ないでこくんと頷く。

するとローレンスがゆっくり跪(ひざまず)き、アデルの顔を両手で挟んで柔らかく唇を覆ってくる。

「あ……だめ……」

まだ自分の口内に精の残滓(ざんし)が残っていそうで、口づけが躊躇(ためら)われた。

だがローレンスは構わず、舌を押し込んで歯列や口蓋を優しく舐(な)め回(まわ)す。

「ふ……ん、んぅ……」

感じやすい部分をぬるぬると擦られ、一度達してしまった身体には力が入らない。

「──可愛い、君は本当に可愛い、アディ」

口づけの合間に低く囁かれ、心臓がどきどきときめく。

ローレンスのバリトンの声で愛をつぶやかれると、何度聞いても胸を甘く撃ち抜かれてしまう。

「旦那さま……好き」

アデルも恥じらいながら、愛の言葉を返す。

「私も、好きだよ、アディ」

二人は囁き交わしながら、強く舌を絡めていく。

「ん、ふ……ぁ、あ」

次第に気持ちが昂ぶり盛り上がり、ローレンスがそのまま押し倒してきた。

「あ、や、だめ、み、見るだけって……」

太腿の間に、ローレンスが足を押し入れて開かそうとするので、アデルは慌ててローレンスの背中を拳でぽかぽかと叩いた。

「こんないやらしい君を見て、それだけで我慢できると思っているの？」

ローレンスは艶やかな声をアデルの耳孔に吹き込み、すでに勢いを取り戻した怒張を、アデルの綻んだ蜜口に押し当ててくる。

「や……ずるい……あ、あっん」

エプロンの胸当ての上から、尖った乳首にこりっと歯を立てられ、アデルは痺れる刺激に甘い声を上げてしまう。

アデルの力が抜けた途端、灼熱の欲望がぐぐっと押し入ってきた。

「は、あぁぁああっ」

一気に貫かれ、一度達してしまった直後の媚肉は、恐ろしいほどに感じやすくなっていて、あっと言う間に極めてしまった。

「びくびく締めてくる——もう達ってしまったね」

腰をゆっくりと穿ちながら、ローレンスが勝ち誇った声を出す。

「は、あぁ、あ、や、意地悪……っ」

強く揺さぶられながら、アデルは息を乱す。

「意地悪い私も、好きだろう?」

感じやすい臍の裏側を巧みに突き上げられ、愉悦で頭が朦朧とし、もはやアデルは降参するしかない。

「す、好き……です」

喘ぎ喘ぎ答えると、ローレンスが腰を穿つ律動を次第に速めてくる。

「なんて可愛いんだ――堪らないよ、私のアディ」

「は、あぁ、あ、だめ……っ」

熱く太い肉竿で、媚肉を押し広げるように擦られ、硬い先端で奥を突かれると、次々襲ってくる快感で全身が蕩け、なおもっともっとローレンスで満たして欲しいと願う。

抜き差しするたびに、膨れた根元がずりずりと鋭敏な花芯を刺激するのも堪らない悦びで、膣壁がひとりでにきゅっと肉胴を締め付けてしまう。

「んぁ、あ、はあ、ぁ、旦那さま……いいっ……」

がくがくと揺さぶられると、息も止まりそうなほど感じてしまい、思わずすらりとした両足をローレンスの腰に巻きつけ、さらに結合を深くして求めてしまう。

「悦いのか？　感じるか？　アディ」

「は、はい……もっと……ください」

「いいとも——こうかい？」

「んんああ、あ、そう、そこ、いいっ」

「なんて声を出すんだ——いやらしくて可愛すぎて、素晴らしいよ」

ローレンスは息を凝らし、さらに濡れ襞を捏ね回すような抽挿を繰り返す。

「あっ、それだめっ……あぁ、また、あぁ、また達っちゃう……っ」

もはや止めどないどうしようもない愉悦に思考が麻痺し、全身のどこもかしこがローレンスだけで満たされる。

「は、ぁ、旦那さま、あぁ、もっと強く……あぁ、もっとぉ」

「ああアディ——」

隙間なくピッタリと結ばれ、互いに腰のリズムを合わせて悩ましく動くと、さらに深いところから熱い媚悦が溢れ出て、繋がっている箇所が溶け出して、一つになってしまうような錯覚に陥る。

「……あぁん、あ、すごい、すごい……激しくて……あぁあっ」

なんども極めてしまい、快感が乗算されて耐えがたいくらいだ。

もう逃れたいのに、もっとその上に行きたいという矛盾した欲望に取り憑かれる。

「やぁ、どうしよう……あぁ、止まらない……旦那さま……おかしく、ああ、変になっちゃいます……っ」

「いいんだ、おかしくなって――いくらでも変になればいい」

黄金の髪を振り乱して甘く啜り泣くと、ローレンスが雄々しく腰を穿ちながら、額や頬に何度も口づけしてくれる。それが愛されているという実感をひしひしと感じさせ、快感と多幸感に身体全体が宙に浮きそうな錯覚に陥る。

「あぁん、やぁ、あ、だめ、あぁぁ、もう、もう……っ」

ついに限界がきて、アデルは背中を仰け反らし、膣腔がひくんひくんと小刻みに収斂を繰り返した。

「いいよ、アディ――一緒に達こう」

ローレンスも終焉が近いのか、息を弾ませてがむしゃらに腰を打ち付けてくる。

「はぁ、あ、旦那さまぁ、あぁあぁあっっ」

アデルは全身をぴーんと硬直させ、煌めく絶頂の光の中に意識を投げ出す。

「いくぞ、アディ――」

ほぼ同時に、ローレンスの欲望がアデルの最奥でびくびくと痙攣(けいれん)し、激しく弾けた。

「あん、あ、あぁぁあぁ」

「ふ――」

全てを奪い全てを与え合い、二人は悦楽の天国に昇っていく。

快感の余韻に浸る二人の喘ぎ声が重なり、淫靡なハーモニーが響き渡る。

花の香りと二人の醸し出す甘酸っぱい欲望の香りが混ざり合い、温室の中は噎(む)せ返(かえ)るような濃密な空気に満ちていった。

翌日。

ローレンスをいつも通り送り出したアデルは、急いで私室に急いだ。

今日のローレンスの誕生日のために、アデルは前々からせっせと新しいスーツを仕立てていたのだ。

いつも黒やグレーの無地のスーツばかり身につけているので、たまには気分が変わっていいだろうとブラウン系の千鳥格子のスーツを縫うことにした。

長身で手足が長いローレンスは、何を着ても無難に着こなしてしまうのだが、この少し洒落(しゃれ)たスーツもさぞ似合うだろうと思うと、アデルはひとりでに笑みをこぼしてしまう。

もう袖口の最後の仕上げだけで、スーツは完成する。

今夜、晩餐（ばんさん）の後に二人きりになったらこっそり渡そうと思っている。

ローレンスの驚き喜ぶ顔が目に浮かぶようで、今から胸がわくわくする。

すべて縫い終えて、スーツをきちんと畳んで箱にしまっている時だった。

執事長のダグラスが扉をノックした。

「奥さま。奥さまのお友だちという若い女性の方がお見えになっておりますが――」

アデルは首を傾けた。

「え？　どちら様かしら」

「アデル、と名乗られましたが」

アデルは心臓がどきんと跳ね上がった。

自分の本名を名乗る若い女性とは――。

「すぐ、この部屋にお通しして」

「かしこまりました」

程なく、ショールで顔を覆った女が部屋に通された。

扉が閉まると同時に、女がショールをさっと剥（は）いだ。

金髪に青い目、自分によく似た容姿――姉のアダレードであった。

「お久しぶり。ずいぶん元気そうじゃない、アデル」

アデルは突然の姉の訪問に、不安を隠しきれない。アダレードの顔色を窺いながら、小声で挨拶する。

「こちらこそ。アダレードお姉さま……」

アダレードは、きょろきょろと部屋の中を見回す。

「すごいお屋敷じゃない。ブレア伯爵が、こんなに大金持ちだとは思わなかったわ。私、割を食ったわね」

アデルは物欲しげな目で調度品などを見ているアダレードに、ますます嫌な予感がする。

「お姉さま、突然訪ねてくるなんて、どうなさったの？　バーネットの実家には寄られた？　お母さまがすっかりお元気に――」

アダレードはいきなり口を挟んできた。

「それより、私、彼氏と別れてきたの」

アデルは目を瞠った。

「え？」

「好きなだけ贅沢をさせてやるなんて大層なことを言われて、ふらっとしたんだけど。ついていってみたら、それほどでもなかったのよ。おまけに、急に彼の店が不渡手形とか出してしまって、資金繰りにきゅうきゅういいだしたの。なんだか当てが外れてしまったわ。だから、別れてきちゃったの」

　一方的にまくしたてられて、アデルはぽかんと聞いていた。

「だから、ここに来たのよ」

　アダレードは近づいてくると、肩をぽんと叩いた。

「アデル、私の身代わりご苦労様。私と交代してちょうだい」

　こともなげに言われ、アデルは驚愕する。

「な、なにをおっしゃっているの？　お姉さま！」

　アダレードは顎をつんと上げた。

「だって、跡継ぎを作るためだけの契約結婚じゃない。あなたには苦労かけたけど、ここからは本物の私があの人の妻になるわ。子どもさえ生めば、手切れ金をいっぱいもらって、離婚すればいいんだから」

　アデルは胸が鋭い刃物で抉られたかのように痛んだ。

「そんな……今さら、無理よ。私と旦那さまは……」

　アダレードは眉をしかめた。

「なによ、一緒に暮らしていたら情が移ったわけ？　それとも、裕福な生活が楽しくなった？

それなら、なおさら私と交代しなさいよ。私も贅沢な暮らしがしたいもの。ね、アデル。あなたはいつも私になんでも譲ってくれたわね。いい子だから――」

「い――いやよ」

アデルは細いがきっぱりした声で言った。

アダレードが目を丸くし、言葉を呑み込んだ。

アデルはまっすぐ姉を見つめた。

「お姉さま。私は今まで、お姉さまに引け目を感じて、なんでも言う通りにしてきました。でも、今度ばかりは譲れません！」

みるみるアダレードの表情が険悪になった。

「ちょっと、あなたどうしたのよ。私に一生消えない火傷を負わせたことを忘れたの？　言う通りになさい」

アデルはぶんぶんと首を振る。

「お怪我のことは、一生かけて償うつもりでいます。でも、それとこれは別なの。お願い、お姉さま、今度だけは許して――」

「なんですって⁉」

アダレードが声を荒げた。

その時、廊下から会話する声と足音が近づいてきた。

「今日は、なにか屋敷中で企(たくら)んでいるのだろう？　わかっているぞ。私の誕生日だからな――アディは部屋かい？」

ローレンスの声だ。いつもより早く帰宅したのだ。

アデルは頭が真っ白になった。

「え？　来客中？　若い女性。友だちがきているのか」

扉の外で、ダグラスがローレンスを引き止めているらしい。

すると、それを聞きつけたアダレードが、いきなり扉に近づきさっと開いた。

「あっ！」

アデルは思わず声を上げる。

扉の外に立っていたローレンスは、アダレードと顔を突き合わせた。

彼は一瞬目を見開き、アダレードの肩越しに震えながら立っているアデルの姿を見とがめ、素早く部屋に入り、

「しばらくここに誰も寄せつけないように」

と、廊下にいるダグラスに向かって命令するや否や、扉を閉めた。

ローレンスは無言で、アデルとアダレードを交互に見やる。

（ああ、旦那さまにすべてがばれてしまった……）

アデルは絶望感に打ちひしがれ、今すぐこの場で消えてしまいたいと思った。

「さて――」

ローレンスが静かだが怒りを含んだ固い声を出す。

「アディが二人とは――この事態を説明してもらおうか」

アデルはそのぞっとするような冷ややかな声色に、足がかたかた震えて立っているのがやっとだった。

一方で、アダレードは端正なローレンスの容貌に衝撃を受けたように目をぱちぱちさせる。そして、少ししなを作って猫なで声を出す。

「まあ、まともに見たら案外いい男じゃないの。お久しぶり、かしら。ブレア伯爵、銀行でお会いしたわね」

ローレンスは片眉をぴくりと持ち上げた。

「君は――中央銀行で、お父上と隣のブースで派手に立ち回りを演じていた、あの女性かね」

アダレードは我が意を得たりとばかりに頷く。

「その通りよ。あなたが見初めて、妻に欲しいと申しでたのは、私なの。あの子は――」

アダレードは、呆然(ぼうぜん)と立ち尽くしているアデルを指差した。

「私の一つ下の妹のアデル。私たち、瓜二つでしょう？」

ローレンスは冷ややかな眼差しでアダレードを見る。

「確かに、容姿はよく似ているようだな」

アダレードは勝ち誇ったように言い募った。

「そうなのよ、結婚の契約をしたのは私。それなのに、あの妹は、贅沢な暮らしがしたいからって、無理やり私と入れ替わったのよ。私は姉だから、妹の幸せを祈って、泣く泣く身を引いたの。でも――」

彼女は不意にしおらしい顔をしてみせる。

「嘘はいけないわ。私、伯爵さまに申し訳なくなって、真実を告白しに来ましたの。そして、嘘つきの妹の代わりに、契約通り私があなたの妻になろうと思って。騙してごめんなさいね」

アダレードは大げさに鼻をくすんと鳴らした。

ローレンスはアダレードの方はほとんど見ず、突き刺さるような視線をアデルに投げている。

アデルは俯いて唇を噛み締めるばかりだった。

「アディ。今のお姉さんの言葉は、真実なのか？」

ローレンスの厳格な声に、アデルは涙を堪えて頷くのが精一杯だった。

「――そうか」

彼の声にわずかな哀しみが含まれているような気がした。

「私はまんまと謀られたというわけか」

アデルはぱっと顔を上げた。

「そんな――違……っ」

「そういうわけですから、伯爵さま。契約通り、私が妹の替わりにこの家に入りますわ。お約束通り、跡継ぎならいくらでも産んで差し上げますから」

アダレードがアデルの言葉を遮って、ぬけぬけと言った。

ローレンスはアダレードには返事もせず、ひたすらアデルを凝視した。

アデルは涙を浮かべ、必死で眼差しで訴えた。

（あなたに嘘をついたのは事実です。でも、あなたを本当に愛しているの。この世で一番好きな人なの。この気持ちには、嘘はないの。お願い、信じてください！）

後悔と罪悪感で、アデルは胸がずたずたに切り刻まれるような気がした。

どう言いつくろっても、ローレンスに嘘をつき騙した事実には変わりはない。

アデルは自分の胸の内を声に出す勇気はなかった。

ローレンスはふいに視線を外した。

彼は小脇に抱えていた仕事鞄を開けると、おもむろに中から一枚の書類を取り出した。

「これは──君たちのお父上と交わした結婚契約書だ。大事なものなので、常に持ち歩いている」

アデルはその書類を初めて目にした。

と、突然、ローレンスは両手でその書類をびりびりと引き裂いてしまった。

「あ──っ」

アデルは唖然として、細かく破り捨てられていく書類を見つめていた。

粉々に破られた紙片が、床にばらばらと散らばった。

まるで自分の心も同じように散り散りに砕けてしまったようで、アデルは茫然自失としていた。

「契約は破棄だ。アディ、君は自由だ。好きにしたまえ」

アデルは縋るようにローレンスの目を捉えようとしたが、彼は顔を背けている。

「ほら、優しい伯爵さまはお咎めなしにしてくれるそうよ。アデル、さっさと行きなさいよ」

アダレードが追い打ちをかけるように言う。

アデルはその言葉に引き摺られるように、ふらふらと前に進んだ。

ローレンスの脇を通り過ぎる時、ふわりと彼の香水の香りが漂い、その場でわっと泣き伏し彼の足にしがみついて、恥も外聞もなく許しを乞いたい衝動に駆られた。

だが、そんないじましいことは、ローレンスが一番嫌う行為だ。

アデルは扉を開け、背を向けているローレンスにひと言、声をかけた。

「どうかお元気で、旦那さま……」

ローレンスの背中は動かない。

アデルは込み上げてくる涙を必死に抑えながら、部屋を出て扉を閉めた。


今日は自分の誕生日だ。

ローレンスはいつもより早めに仕事を切り上げ、会社を後にした。

もう何週間も前から、アディや屋敷の者たちが密かになにか企んでいることには、気が付いていた。

ローレンスの誕生日祝いのイベントを、いろいろ画策しているのだろうとわかっていた。

アディがしきりに夜遅くまでなにか縫い物をしているのも、知らん顔をしていた。

自分をびっくりさせたくて、一生懸命に隠そうとしている妻が可愛く愛(いと)しく、ローレンスは微笑ましく見守っていた。

だから、今日は期待に胸躍らせ、いそいそと帰宅したのだ。

屋敷に帰り着くと、いつもは迎えに出るアディが姿を現さない。

怪訝に思ってダグラスに尋ねると、見知らぬ若い女性が突然訪問してきたという。

ダグラスに顔なじみのない女性が、アディの知り合いということに少し疑問を感じた。

それで、アディの私室まで行ってみたのだ。

突然アディとおぼしき女性が扉を開けたので、ローレンスは少しばかり驚いた。

だがもっと度肝を抜かれたのは、アディそっくりの女性が二人、部屋の中にいたことだ。

だが、似ているのは容姿だけで、二人の立ち居振る舞いは全く違っていた。

アディの姉だと名乗ったその娘こそが、最初に中央銀行で出会った女性だったのだ。

ろくに相手の顔も見ずに、契約結婚を申し入れたのはローレンスの方だ。

ローレンスは全てが腑に落ちた。

初対面の時と、次に屋敷に現れた娘は別人だったのだ。

姉と妹が、入れ替わったのだ。

そして、その事実を知った自分が、ほとんど動揺していないことに気がついた。

それどころか、ローレンスの持ち出した強引な契約結婚をするために、無垢な身体と心でこの屋敷にやってきたアディの気持ちを思い巡らすと、罪を犯したのは自分の方だと、つくづく感じた。

ローレンスは、肌身離さず持ち歩いていた結婚契約書を破り捨てた。

びりびりと紙の引き裂かれる音は、爽快なくらい耳に心地よかった。


「――さて」

アディが出て行ってしまうと、ローレンスはおもむろにアダレードに振り向いた。

「君は、私と契約結婚を続行したいということか」

アダレードは婉然と微笑んだ。

「ええそうよ。後継ぎを好きなだけ産んであげるわ。その代わり、うんと贅沢をさせてほしいわ。もうあくせくした生活はたくさん。美味しいものを食べて、綺麗に着飾って、観劇に舞踏会、物見遊山、面白おかしく暮らしたいの」

「なるほど――」

ローレンスは静かに腕組みした。

「私は今日ほど、自分のことが愚かだとよくわかったことはない」

アダレードが怪訝な表情になる。

「なに？　どういう意味？」

ローレンスは深い後悔の念に襲われていた。

「私は女性を見る目が全くなかった、ということだ」

それから彼は、床に散らばった紙片をじっと見つめた。

「だが、これで私も自由になったのかもしれない」

アダレードは理解不能だという表情で、ローレンスの独り言を聞いていた。

「ねえ、聞いているの？　結婚してくださるんでしょう？」

アダレードが少しおもねるような甘ったるい声をかけてきて、ローレンスははっと我に返った。

彼はアディとよく似た見知らぬ女性に言った。

「ああもちろん——結婚はするとも」

第六章　世界でたったひとりの君

大通りに出て辻馬車を拾ったアデルは、実家の住所を告げた。

ブレア家を出てきてしまった自分には、もはや戻る場所はそこだけだったのだ。

アデルは馬車の窓から、次第に遠ざかる首都の街並みを見つめていた。

初めて首都にやってきた時は、そのあまりの発展した都会ぶりに度肝を抜かれたが、今はもう住み慣れた故郷を後にするような気持ちだ。

（結婚してまだ一年も経っていないのに、私はすっかりブレア家の妻になりきっていたんだわ……）

胸がぎゅっと締め付けられる。

泣いてはいけないと、唇を強く噛みしめる。

（今までがあまりに幸せ過ぎたんだ……いつの間にか、嘘をついて旦那さまを――ローレンスさまを騙していることすら、忘れ果ててしまうくらい）

目を閉じて窓に額を押し付けると、ガラスの冷たさに心まで凍ってしまいそうな気がした。

一時間あまり馬車は走り、やがてバーネットの屋敷が見えてきた。

最後にここを出ていった時より、屋敷の外観が整備されているようだ。

崩れかけていた外塀が、真新しい石が積み上げられてきれいに補修されていた。

おそらく、アデルが密かにしていた送金で、バーネット家の経済はずいぶんと潤ってきたのだろう。

屋敷の前で馬車を降りると、玄関ポーチの側のかつてアデルが丹誠を込めて世話をしていた花壇で、植木に水をやっている男性がいる——父だった。

「——お父さま」

そっと声をかけると、父は驚いたように立ち上がった。

「アデル!? どうしてここに?」

父は無精髭(ぶしょうひげ)もなくこざっぱりした服装をしていて、酒も抜けているのか顔色もいい。

アデルは懐かしさに目を潤ませ、近づいた。

「お父さま……私、ブレア家を出ましたの——その、お姉さまが戻ってらして、身代わりのことがローレンスさまにばれてしまって……」

口ごもりながら言うと、父はショックを受けたような表情になった。

「なんと——アダレードが帰ってきたというのか⁉　直にブレア家に乗り込んだとは——」

父は呆れ返ったように頭を振り、それから顔を上げると、両手を広げて慈愛のこもった声をかけた。

「愛しいアデルや。本当にお前には苦労かけた——私を許しておくれ」

「お、お父さま……っ」

アデルは様々な感情がどっと溢れてきて、涙がこみ上げてきた。夢中でその腕の中に飛び込んだ。

父の胸に縋り付いて啜り泣くと、優しく背中を撫でられた。

「今まですまなかった、本当に——中へお入り」

促され、父と共に屋敷の中に入る。

数人の使用人たちが玄関ホールに現れ、恭しく頭を下げる。

「負債が無くなり、お前が援助してくれたおかげで、使用人たちを雇い直すことができたよ」

父が感謝を込めた声で言う。

「そんな、私なんかなにも——」

「さあ——」

屋敷の中は昔のように掃除が行き届いて明るかった。

父が応接室の扉を開けた。

アディはそこにいる人物を見て、喜びのあまり声も出なかった。

窓際のソファで、母が縫い物をしていたのだ。

人の気配に振り向いた母は、はっと立ち上がった。

「ああ、アデル！」

「お母さま！」

アデルは小走りで母に駆け寄り、抱きついた。

「お母さま！　起き上がれるようになったのね！」

「そうなの——なにもかもあなたのおかげよ、アデル」

母が声を詰まらせる。

アデルは抱きついたまま、母の顔をまじまじ見る。

痩けていた頬がふっくらとし血色も良くなっていて、声にも張りがある。昔の母のように、きちんと髪を結い上げお気に入りの象牙色のドレスを着て、美しかった。

「ああ、お元気になられて……嬉しい、嬉しいです」

アデルは涙ぐんだ。

母もほろほろと涙をこぼした。

「事情はすべて、お父さまからお聞きしたわ。健気なアデル、お前にばかり苦労をかけてしまって……」

アデルは強く首を振る。

「いいえ、いいえ──お母さまがお元気になられたのなら、もう私は充分です」

後ろから父がそっと、母と娘を抱きかかえてきた。

「娘に金のために結婚を強いるなど、外道の行いだった。妻を助けたい一心だったのだ。許してくれ。これからは、家族で助け合い、つつましくても幸せに暮らしていこう」

「お父さま……」

親子三人はしっかりと抱き合った。

かつての自分の部屋に戻ると、アデルは深いため息をついて椅子に腰を下ろした。

父が立ち直り、母が健康を取り戻したことは心から嬉しかった。

だが──。

(今頃は、旦那さまは──ローレンスさまは、アダレードお姉さまと一緒に過ごされているのだろうか……)

二人がにこやかに笑みを交わしている姿を思い浮かべるだけで、息が止まりそうなほど苦しい。

自分はローレンスにふさわしくないと思いながらも、彼が他の女性を受け入れることが辛くて辛くてならない。アダレードへのくるおしいほどの嫉妬心が湧き上がってくる。

（これからどうやって生きていけばいいのだろう。ローレンス様なしの人生なんて、もう考えられない……いっそ、死んでしまいたい）

自分の中に、こんなにも暗く醜い感情があるなどとは、思いもよらなかった。

思えば、ローレンスに嫁ぐ前のアデルは、それなりに穏やかで凪いだ海のような心持ちだった。

それが——。

思いもかけず嫁ぐことになり、ローレンスに出会い恋に落ち、身も心も虜になり、愛する悦び愛される至福を知ってしまうと、感情はこんなにも大きく振幅するのだと思い知る。

アデルはもう何も考えたくなくて、頭を抱えて膝の上に突っ伏した。

どのくらいそうしていただろう。

こつこつと扉をノックする音に、びくんと背中が竦んだ。

「——アデル。お客様がおいでです——急いで応接室へ来なさい」

性急な母の声がする。

慌てて立ち上がり扉を開くと、母が青ざめた顔で立っていた。

「お母さま、お客様って？」

母は落ち着かなげに両手を揉み合わせる。

「それが――ブレア伯爵さまがアダレードと一緒においでになったの。あなたにお話があるそうよ」

「ローレンスさまが⁉」

アデルは戦慄した。

契約書を破棄しただけでは、やはり彼の怒りは治まらなかったのだろうか。

もしかして、今まで肩代わりしてくれた負債分を返済するように言われるかもしれない。

それだけはなんとしても避けたかった。

やっと父は立ち直り母は回復し、以前の落ち着いた生活が戻ってきたのだ。

ローレンスと顔を合わすのは身を切られるより辛いが、恥を忍んで彼の前にひれ伏し懇願しようと思った。

両親さえ助けてもらえれば、もう自分はどうなってもいい。

（そうよ、一度でも幸福の絶頂を味わわせていただけたのだもの。もう、何を心迷うことがあるだろうか――）

ローレンスに出会わなければ、いずれ屋敷も取り上げられ、家族は崩壊したろう。アデルは路頭に迷うか、どこかの貧民救済施設に身を寄せるしかなかったかもしれない。

「わかりました……参ります」

廊下を歩き出したアデルの後ろから、母が気遣わしげに声をかける。

「アデル。今回のことは、病気になって家族に迷惑をかけた私にも責任があります。一緒に伯爵さまに謝罪しましょう」

アデルは母を安心させようと、笑みを浮かべて振り返る。

「いいえ、お母さまには何の罪科もないわ。私に任せてください」

応接室に入ると、ソファに座っている緊張の面持ちの父と余裕の笑みを浮かべた姉、そして暖炉の側で腕を組んで佇(たたず)んでいるローレンスの姿があった。

彼をひと目見るなり、アデルは扉口で立ち尽くしてしまった。

「あ――」

自分の目が信じられない。

ローレンスは、アデルが心を込めて縫い上げた、誕生日の贈り物のつもりだった新しいスーツを身につけていたのだ。

渋い茶色の千鳥格子柄のスーツは身体にぴったりフィットし、ローレンスをひときわ格好良く美麗に引き立てていた。

「旦那さ……ローレンスさま……」

アデルが呟くと、ローレンスが声をかけてきた。

「アディ、こちらへ」

アデルはおずおずと部屋の中に入った。

ローレンスが立っているので、自分も部屋の中央で棒立ちになる。

後ろから母がそっと寄り添って、力づけるように背中に触れてくれた。

ローレンスは腕を解くと、ゆっくりとした口調で話し出す。

「さて、男爵殿、今回の私とお嬢さんとの結婚の件だが――」

父は伏せていた顔を上げ、決意に満ちた表情で言った。

「伯爵、私はあの時、貧窮し酒に溺れ血迷っていた。愛する娘を売るような行為をしたことを、心から後悔している。負債の金は、私が生涯かけてあなたに返済することを誓う。ですから、どうかこの度の契約結婚のことは、白紙にしていただきたい」

「お父さま――」

「ちょっと、お父さま！」

アデルとアダレードが、同時に声を上げた。

アデルは感動のあまり、アダレードは不満げに。

ローレンスは感服した表情で、父に言う。

「その覚悟はご立派です、男爵殿。しかしながら、私ももうお嬢さんを金で買うような真似(まね)はしたくない。ここにお邪魔したのは、きちんとお嬢さんにプロポーズをし直すためです。そのために、あの契約書は破棄したのです」

「えっ？」

アデルは言葉の意味をはかりかね、ローレンスの視線を捉えようとした。

ローレンスがゆっくりこちらを振り返った。

その金色に近いヘーゼルの瞳には、怒りも迷いもなかった。

彼はまっすぐアデルの方へ歩み寄った。

「アディ——アデル。君が贅沢な暮らしをしたいがために嫁いできたのではないことくらい、私にだってとうにわかっている。負債の肩代わりと引き換えの契約結婚ということに、君が後ろめたく思っていることも知っていた。私は、すべてを白紙に戻し、あらためて君に——」

ローレンスは長い足を折り、アデルの前に跪(ひざまず)いた。

彼はそっと自分の両手でアデルの右手を包み込んだ。

その懐かしい温かい感触に、アデルは泣きそうなほど胸が震えた。

ローレンスが誠実な眼差しをまっすぐアデルに向けてくる。

「君にプロポーズする。アデル、君を愛している。私の生涯を共にするのは、君以外に考えられない。どうか、本当の私の妻になってほしい」

「ローレ……」

あまりにも胸が詰まり、アデルは声も出なかった。

信じられない。

一番愛している人から、一番欲しかった言葉をもらっている。

契約でも嘘でもない、誠意を込めたプロポーズ。

足元からじわじわと幸福感がせり上がり、身体中に熱く染み渡っていく。

アデルは見つめているローレンスの端正な顔が、涙でぼやけてよく見えない。

「わ、私……」

唇が震えてしまう。

だが、ローレンスに嘘をついていた自分が、こんなに幸せになっていいのかと、わずかなためらいがあった。

背後に触れている母の手が、わずかに自分の背中を前に押しやった気がした。

その母の手に勇気を得たように、次の言葉が素直に口から出た。

「はい——ローレンスさま。私もあなた以外、夫となる人は考えられません。どうか、一生お側にいさせてください」

「アデル——ありがとう」

ローレンスが深いため息と共に名前を呼び、手の甲にそっと唇を押し当てた。

「あ、ああ、旦那さま、私の旦那さまっ」

もはやアデルは溢れる気持ちを抑えることなどできなかった。

身を投げ出すように、ローレンスの胸に崩折れた。

「アデル」

ローレンスが両手でアデルの身体を強く受け止め、ぎゅうっと抱きしめた。

アデルは彼の首に両手を回し、強く強く抱え込んだ。

「愛しているよ、私の可愛い奥さん」

「旦那さま……っ」

二人は固く抱き合った。

「ちょっと——そんなの……」

突如アダレードが、心外だといわんばかりに声を上げた。

「アダレード」

傍に座っていた父が、厳格な声を出す。

「姉ならば、妹の幸せを祝福してやりなさい」

「っ――」

言葉に詰まったアダレードは、ふいに両手で顔を覆って泣き出した。

「な、なによ……ひどい……いつも、いつもみんなアデルアデルって……昔からそうよ、素直でいい子のアデルばかり、お父さまもお母さまも大事になさって……私のことなんか、ちっともかまってくださらなかった。私はどんなに寂しかったか……」

「アダレード――お前」

父は初めて気がついたというような表情になる。

母も切ない目つきで、肩を震わせるアダレードを見た。

今まで聞いたことのない姉の切羽詰まった告白に、アデルは、はっと顔を上げた。

アダレードは子どものようにしゃくりあげながら、切れ切れに心のうちを吐露した。

「この火傷のことだって――本当は、私がポットをひっくり返して自分にかけてしまったんだわ。でも、その時だけお父さまもお母さまも心配してくださったから、私はつい、幼いアデルがやったんだって、言い張ったのよ――アデルは小さいから何もわからなくて、私が言い続けたから、自分のせいだと思い込んだの。私はそうでもしないと、妹への劣等感でおかしくなりそうだったのよ！」

「お……姉様……」

アデルは目を瞠った。

ローレンスが腕を支えて立ち上がらせてくれた。

アデルは思わずアダレードに近づいた。

「お姉さま、そんなに思い詰めてらしたなんて……」

アダレードは涙でぐしゃぐしゃになった顔を上げ、掠れた声でアデルに言った。

「ごめんなさい……あなたがずっと羨ましくて、妬ましかったのよ」

アデルは嗚咽(おえつ)を漏らしながらアダレードに抱きついていた。

「そんな――私こそ、明るくて開放的で美人のお姉さまが羨ましかったのに……」

「アデル……」

抱き合って啜り泣く姉妹を、母が歩み寄って両手で抱えた。

「すべては母である私の責任です。お前たちに辛い思いをさせてしまって、本当にすまなかったわ。アダレード、あなたのことはアデルと同じように大事な娘よ。愛しているのよ。二人とも、私の可愛い娘たちだわ」

「ああ、お母さま」

「お母さま」

娘たちは、母にしがみついて幼子のように泣いた。

ローレンスはその様子を、黙って見守っていた。

父がローレンスにしみじみした声を出す。

「伯爵、どうか娘を、アデルを末永く幸せにしてやってください」

ローレンスが同じような感に堪えないといった声色で答える。

「もちろんです、男爵。あなたに感謝します。アデルを、こんな素晴らしい女性に育ててくださって――」

父はぐっと喉が詰まったような声を漏らし、うむ、とひと言だけ答えた。

ローレンスが乗り付けた馬車に同乗し、アデルは一緒にブレア家に帰ることになった。

馬車に乗り込む前に、アデルは家族と再び抱擁した。

「幸せになりなさい」

と、父。

「元気でね。そのうち、お父さまとブレア家を訪問するわね」

と、母。

そして姉のアダレードは少し気恥ずかしげに、

「伯爵ったら、私には見向きもなさらなかったのよ。悔しいけれど、完敗よ。アデル、伯爵を大事になさい」

と、声をかけてきた。

アデルは一人一人にお別れの口づけをし、ローレンスの手を借りて馬車に乗り込んだ。

馬車が走り出すと、アデルは窓を開けて身を乗り出し、見送る家族に大きく手を振った。

「お父さま、お母さま、お姉さま、みんなお元気で！」

馬車が角を曲がり屋敷が見えなくなるまで、アデルは夢中で手を振っていた。

席に座りなおすと、様々な感情が胸にこみ上げて、涙が止まらない。

「アデル――」

傍のローレンスが、壊れ物を扱うようにそっと肩を抱いてくれる。

「旦那さま……私、幸せです。でも、自分が知らず知らず姉を傷つけていたなんて、少しも気がつかなかった――私だけこんなに幸せでいいのでしょうか？」

ローレンスは肩を抱く手にわずかに力を込める。

「もちろんだよ。君はずっと家族のために尽くしてきたんだ、誰よりも幸せになる権利がある。いや、ならなくてはいけない。私が、必ずそうしてやる。いいね」

いつもの自信に満ちたローレンスの口調に戻っていて、アデルはひとりでに笑みが浮かんできた。

「はい」

微笑んだままローレンスに顔を振り向けると、額や頬に優しく口づけされた。

「私こそ、今までどんなにいいかげんに生きてきただろう。君に出会わなければ、多分、私は一生心貧しい冷酷な人間のままだった。君が私の人生を変えてくれた。彩り豊かで喜びに満ちた世界へ連れ出してくれたんだ――ありがとう、アデル」

アデルは身体中に満ちていく幸福感を噛み締めた。

どちらからともなく唇を合わせ、心を通わせるような深い口づけを繰り返す。

「……ふ、ん……」

忍び込んできたローレンスの舌に自分の舌を絡め、互いの口腔を味わい尽くす。

いつの間にかローレンスの片手が頭を抱き込み、もう片方の手が腰を引き寄せ、身体もぴったりと密着する。

「ぁ……んん、んぁ……」

どくどくと力強いローレンスの鼓動が直に胸に響き、甘やかな陶酔が全身を痺れさす。

腰を抱いていたローレンスの手が、背中をやわやわと撫でさすり、それからゆっくりとスカートの中に潜り込んできた。

「あっ――」

膝から太腿へ手が移動してくるので、アデルは唇を離し、慌てて身を引こうとした。

「だめ……」

「どうして？」

ローレンスの舌が耳朶をなぞり、耳殻に沿ってねっとりと這い回る。

「あっ……ん」

ぞくんとうなじが痺れ、アデルは首を竦めた。

その間にも、スカートの中の手は太腿の間をまさぐり、ドロワーズの裂け目からさらに奥へ潜り込もうとする。

「や……いけません。こんな、馬車の中で……」

後ろに尻をずらしローレンスから逃れようとすると、彼はそのまま身体を押し付けてきて、アデルは狭い座席の隅に追い詰められ、身動きできなくなる。

「誰もいない――屋敷に着くまでまだ時間があるよ」

耳孔に密やかな声と熱い息を吹き込まれ、背中がぞくぞくした。

「だって、御者に――聞かれたら……恥ずかしい……」

「ふふ――我慢するんだね」

少し意地悪く言いながら、ローレンスの指が和毛を掻き分け花弁に触れてくる。

「ぁ、あ……だめって……」

触れるか触れないかのソフトな指使いで、秘裂のあわいをなぞられると、じりじりした淫らな疼きが湧き上がってしまい、アデルは必死でローレンスを睨もうとする。

「そういう顔が、よけいに堪らないよ」

ローレンスが目を眇め、指先が花襞をぬるりと滑る。

「あ、あぁ、あ」

自分のそこがすでにしっとりと濡れているのを感じ、アデルは恥ずかしさで身体が燃え上がるように熱くなるのを感じた。

「ほら、もう濡れているね――ちっとも嫌じゃないくせに」

高く硬い鼻梁で熱をもった耳朶を撫でさすり、ローレンスは嬉しげな声を出す。

「ちが……旦那さまがそんなふうに触るから……あっ」

くちゅりと秘裂を指で押し広げられ、濡れた膣襞の間を指が上下に撫でさすると、腰が甘く蕩けて足の力が抜けてしまう。

「ぁあ、あ、旦那さま……んんぅ」

アデルはローレンスの胸に縋って、背中を仰け反らして与えられる快感をやり過ごそうとした。

背中を弓なりに反らすと、自然と胸元が前に突き出してしまう。

ローレンスはすかさず、深い襟ぐりから覗く胸の谷間に顔を埋めてくる。

「や、だめ、胸……だめっ」

まろやかな乳肌に口づけを繰り返されると、まだ触れられてもいない乳首が、淫らに服の内側でくっと勃ち上がってしまう。

「なんだか、乳首が浮いてきているぞ」

ローレンスはからかい気味に言うと、凝った乳嘴を服地ごと口腔に含んだ。

「は、あぁ、いやぁ」

こりっと芯をもった乳首を甘く噛まれ、指でくちゅくちゅと蜜口を掻き回されると、上からも下からもむず痒い淫らな疼きが湧き上がって、どうしようもなく感じてしまう。

「だめ……そんなにいっぱい……しないで……あ、あぁ、あ」

子宮の奥がずきずきうごめき、はしたない声を立てまいと唇を噛み締めると、余計に熱く感じてしまい、愛撫だけで達してしまいそうだ。

「んん、んぅ、やめ……」

ぎゅっと目を瞑って刺激に耐えていると、ローレンスはドレス越しに乳首を吸い立てながら、蜜口に溢れた愛蜜を指で掬い、和毛のすぐ下の鋭敏な蕾に触れてくる。

「ひぅ……っ」

ぬるりとした感触に包まれ、膨れてきた秘玉を柔らかく撫で回されると、もう下肢が萎えてしまうほど甘く感じ入ってしまう。

「だ……だめ……っ」

アデルはローレンスの服を強く握りしめ、襲ってくる愉悦に耐えようとした。

充血した秘玉の周囲を円を描くようにぬるぬる触られ、時折指の腹で頭をもたげた花芽を突かれるのが、アデルの一番弱い感じてしまうやり方だ。ローレンスはすっかりそれを心得ている。

「っ……く、ぅ……ぅ」

アデルは足をがくがく震わせて、必死で押し上げてくる媚悦に堪える。

「我慢しないで、達ってしまえばいい」

ローレンスは容赦なく指をうごめかし続け、責めてくる。

たちまち絶頂に追いやられてしまう。

「ん、んんぅ、や、んんんぅーっ」

アデルは口元に拳を押し付け、声を飲み込んで全身をぴーんと硬直させた。

「……く……ふ……ぅ……ぅ」

唇を噛み締め、ローレンスの腕の中でびくびくと身体を震わせた。

「もう達ってしまった？」

まだ蜜口をくちゅくちゅ掻き回しながら、ローレンスが低い声で囁く。

少しだけ意地悪で色っぽく蠱惑的な声に、再び軽く感じてしまう。

「ん……ん」

アデルは顔を上気させて、恥ずかしげにコクリとした。

隘路の奥が物欲しげにざわついてとろとろ新たな愛蜜を吐き出すのが自分でもわかるが、車中で欲しいとは到底言えず、じっと冷めやらぬ余韻を噛み締めた。

「私が、欲しい？」

アデルの心中を読み取ったかのようにローレンスが尋ねるが、アデルはふるふると首を横に振った。

「嘘つきだね。ここが物足りなくて、ひくひくしているのに」

ローレンスが長い指をぐっと、秘裂の狭間に押し入れてきた。

「ひぅ……っ、や、め……」

逃げようとびくんと腰を浮かせたが、濡れ襞が嬉しげにきゅうっと指を締め付けてしまうのを止められない。

ローレンスが吐息で笑う。

「奥が、すごく熱くなっている」

彼はスカートを大きく捲り上げアデルの腰を抱え上げ、自分の膝の上に跨がせるような格好にさせる。

「あ――」

ズボン越しにも硬い欲望がごつごつ勃ち上がっているのを感じ、下腹部がきゅんと疼いてしまう。

「挿れようか？」

ローレンスが自分の股間をアデルの太腿の狭間に擦り付けてくる。

「あ、だめ……だって……新しいスーツが汚れてしまいます」

アデルの言葉に、ローレンスは改めて気が付いたように微笑んだ。

「ああ――そうだった。この新調のスーツ、ありがとう。君が立ち去った後に、テーブルの上に箱が置いてあるのに気がついたんだ。君に正式にプロポーズしにいくのに、このスーツほどふさわしい格好はないと思ってね」

アデルは頬を染める。

「お召しになってくれて、嬉しかったです——あの、遅くなりましたけれど、お誕生日、おめでとうございます」

「ありがとう。君をこの手に取り戻せて、最高の誕生日だよ」

二人は額をこつんと付き合わせ、ちゅっと口づけを交わした。

「でも——君が今すぐ欲しくてたまらないんだ」

わずかに顔を離し、欲望を孕(はら)んだ眼差しで見つめられると、アデルの全身が淫らな疼きでくるおしいほど熱くなる。

アデルはおずおずとローレンスの股間に手を伸ばし、前立てをくつろがせようとした。

「あの——私が、口で……」

恥ずかしくてそれ以上言えなかったが、せめて口腔で慰めてあげたかった。

するとローレンスは合点したように頷き、自身は座席に仰向(あおむ)けに横たわる姿勢になり、アデルの身体を自分の上に乗せ上げると、互い違いの向きにした。

「あ?」

アデルが戸惑うと、ローレンスはアデルのドロワーズを引き下ろしつつ、自分の股間を少し持ち上げた。

「私も君を気持ちよくさせたい。お互いに、慰め合おう」

あまりにはしたない格好に、アデルは羞恥で頭がくらくらした。

だが、ローレンスはお構いなく、目の前に剥き出しにしてしまったアデルの秘裂に顔を埋めてきた。

「はっ、あぁっ」

ちゅうっと愛液ごと媚肉を吸い上げられ、痺れる快感にアデルは猫の背伸びのように仰け反った。

ローレンスは一度達して恐ろしく鋭敏になった花芽を口腔に含み、充血した秘玉を舌先で弾いた。

「ふ、は、はぁ、はぁうん、ん」

細かな振動でそこを揺さぶられ、アデルはたちまち上り詰めてしまう。

まろやかな尻をのたうたせて果ててしまっても、ローレンスはさらにぴちゃぴちゃと猥がましい水音を立てて、淫襞を味わう。

「あ、ん、や……ぁ」

アデルは小さく喘ぎながら、震える指でローレンスのズボンの前を開き、下履きから漲りきっている欲望を両手で包み込んだ。

今自分が与えられている快感を、ローレンスにも共有して欲しい。

「ん……ふ」

太い根元を大事に包み込み、鈴口からすでに先走りの雫(しずく)を溜(た)めている先端に、唇を寄せる。

舌を差し出しちろちろと亀頭の周囲を舐(な)めると、ローレンスの腰がわずかにびくんと浮いた。

「は……んん、んんぅ」

彼が感じてくれていることが嬉しくて、柔らかな唇を先端に押し当て、ちゅっと口づけした。

淫らで恥ずかしくて生々しくて、それでいて身体が熱く昂(たか)ぶる行為。

舌の腹で、太い血管の浮き出た肉胴に沿って、ゆっくりと舐め下ろし、舐め上げ、亀頭のくびれをなぞる。

「ふ──アデル」

背後でローレンスが心地よさげにため息をつくと、劣情が込み上げて頭の中まで煮え立つようだ。

「……んっ、ふぅ、く……ぅん」

小さな口唇を思い切り開き、太い剛直をゆっくりと頬張っていく。根元を支えていた両手で柔らかな陰嚢(いんのう)を揉みほぐすようにしながら、喉奥まで咥(くわ)え込んで雁首を絞め付ける。

ローレンスもお返しとばかり、強く花芯を吸い上げ、ひくつく膣腔の中へ長い指を差し入れてくる。

求めていた刺激に、蜜壺が収斂してローレンスの指を締め付けてしまう。

「ぁ……ん、ふぁ、ふ……」

屹立をくちゅくちゅと口唇で扱きながら、甘い鼻息を漏らした。

ローレンスは、舌先で秘玉をころころ転がしながら、指を鈎状に曲げてアデルの臍の裏側の弱い箇所を抉ってくる。

「……んんぅ、う、んんぅんんっ」

たまらない刺激に、アデルは尻を振りたててくぐもった喘ぎ声を上げた。

ややもすればローレンスの巧みな口腔愛撫に気をやってしまいそうになり、自分の奉仕がおろそかになってしまう。

懸命に頭を振りたてて舌をうごめかすと、膨れた亀頭が口蓋の感じやすい部分を擦り上げ、それにも甘く感じてしまう。

「あ……ふぅ、ふぅうぅん……」

溢れる唾液と、鈴口から吹き出す先走り液を必死で嚥下し、ローレンスを心地よくさせようと集中する。

いつの間にか差し入れられる指が二本に増え、感じやすい部分をぐっぐっとリズミカルに押し上げてくる。

「く……はぁ、あ、んん、んぅう」

堪らない愉悦に膣襞がぎゅうっと強くイキみ、ローレンスの指を締め付けてしまう。

「……んん、あ、ふ、あぁ、あ……っ」

瞼(まぶた)の裏で快感の煌(きら)めきがちかちか瞬き、耐えきれずにアデルは剛直を吐き出し、嬌声(きょうせい)を上げてしまう。

「いやぁ、あ、だ、め、ああ、いやぁあぁっ」

じゅわぁっと熱い潮が噴き出すのがわかった。アデルはもはや口腔愛撫もままならず、懸命にローレンスの屹立を手で扱きながらびくびくと身体を波打たせた。

だがローレンスは容赦ない。

「ほら、アデル。口がおろそかになっているよ」

彼は腰を浮かせてアデルに催促する。

「ふ……ぅう……」

アデルは息を弾ませ涙目で、再び男根を咥え込んだ。

自分ばかり気持ちよくなってしまうのが恥ずかしくて、今度こそはローレンスを終わらせてあげようと、だるくなった口唇で、必死で愛撫を繰り返した。

「お——アデル、いい」

ローレンスが背後で低く唸った。

彼は指だけでアデルの媚肉を刺激しつつ、アデルの頭の動きに合わせて腰を突き上げた。

「……うく、むぅ、く、くはぁ……」

口の中で、ローレンスの欲望がびくんと震えてひと周り膨れた。

彼の終わりが近いことを予感したアデルは、愉悦で力の抜けそうなところを必死で抑え、頭を振りたてた。

「アデル——アデル」

ローレンスが感極まったような声を上げ、蜜壺に挿入した指を加速させて、ぐちゅぐちゅと掻き回す。

「ん、んんぅ、んんっううぅ」

再び達してしまいそうになり、アデルは頬を窄めて唇に力を込め、最後の仕上げとばかりに肉胴を責め立てた。

「っ——」

びくびくと太竿が痙攣し、熱い白濁が喉奥に迸る。

ほろ苦い白濁の味覚と猛々しい雄の匂いが鼻腔を満たし、くらくら眩暈がする。

「んんぅー、ん、んぅ」

同時に、アデルもめくるめく媚悦に襲われ、全身をわななかせる。

じゅぶっと大量の愛潮が膣口から噴き出し、それをローレンスが強く啜(すす)りあげた。

「……は、ふ、ごく……ん、あ、ぁ……」

互いの絶頂の証(あかし)を、夢中で味わう。

「……ふ、ふぅ……ん、んぅ」

次第に口腔でローレンスの男根が萎(しぼ)んでいくと、アデルは欲望の残滓(ざんし)を残らず舐めとった。

恥ずかしい行為だけれど、少しも汚いとは思わない。

愛(いと)おしい人が感じ入ってくれたと思うと、達成感で胸に熱い誇らしさが満ちてくる。

「――素晴らしかった。アデル」

ローレンスが顔を上げ、乱れた息の合間に囁く。

「ん……旦那さま……」

アデルはそっとローレンスの男根を吐き出し、柔らかくなったそれを愛おしげに手で包んだ。

ローレンスの腕が細腰を抱え、ゆっくりとこちらを向かせた。

上気して乱れた顔が恥ずかしくて、アデルは目を伏せてしまう。

ローレンスが、行為でほつれた髪の毛を優しく撫(な)でつけてくれる。

「可愛い——愛している、アデル」

アデルは濡れた目でおずおずとローレンスと視線を合わせる。

照れくさいけれど、微笑んでみせた。

「私も、愛しています、旦那さま」

ローレンスが身体を強く引き寄せ、熱い口づけをくれる。

「ん……ん」

甘い陶酔感に、再び手足の力が抜けてしまう。

アデルはローレンスのなすがままになり、熱い口づけを甘受した。

二人だけの時間はあっという間に流れ、馬車はいつの間にか首都の大通りに入っていった——。


ブレア家に戻り、ローレンスとアデルは腕を組んで屋敷の中に入っていった。

夕暮れ時になっていたが、どういうわけか屋敷の灯(あか)りが点(とも)っておらず、薄暗い。

しかも大勢いるはずの使用人たちが、一人も出迎えに出てこない。

「おかしいな、ダグラスまで現れないとは」

玄関ホールに立ち尽くしたローレンスが、怪訝(けげん)そうに周囲を見渡した。

「なにかあったのでしょうか？」

アデルも不安げな声を出す。

「とりあえず、灯りを取りに食堂まで行きましょう。あそこなら、一日中、火を欠かさない燭台（しょくだい）が置いてありますから」

アデルの言葉に、ローレンスは頷（うなず）いた。

「そうだね、とにかくこう暗くては動きが取れない。アデル、足元に気をつけて」

二人はしっかり手を握り合って、食堂へ向かった。

ローレンスが先に立って、扉を開けた刹那――。

目も眩（くら）むような光の洪水が、二人を包んだ。

二人は思わず目を眇める。

食堂のシャンデリアはぴかぴかに磨き上げられて、昼間のように煌々（こうこう）とした光を放っている。

「お誕生日、おめでとうございます！　ご主人さま！」

手に手に火の付いた燭台を持った使用人たち一同が、ずらりと食堂に並んでいた。

ローレンスとアデルは目を瞬いた。

最前列にいたダグラスが、一歩前に進み出て、両手に持っていた燭台のひとつをアデルに差し出す。

それを受け取ったアデルは、素早く使用人たちの列に加わってローレンスと向かい合った。

「お誕生日おめでとうございます、旦那さま」

アデルは心を込めて言った。

そして深呼吸すると、澄んだ声で歌いだす。

「おめでとう　このよき日に　あなたを祝います」

アデルに続いて、使用人たちも一斉に歌いだす。

「おめでとう　このよき日に　あなたが生まれたことを　心から祝います」

ローレンスは呆然とした様子で、合唱を聞いている。

合唱は途中から男女のパートに分かれ、輪唱になった。

「世界中が　あなたを祝います　おめでとう　おめでとう　今までも　これからも　あなたにたくさんよいことがありますように」

歌が終わると、ダグラスがすかさずアデルに白い薔薇の花束を差し出した。

アデルは花束を持って、ゆっくりとローレンスに歩み寄り、差し出す。

「旦那さま、屋敷の者一同から、誕生日のお祝いと感謝を贈ります」

無言で花束を受け取ったローレンスは、感無量の面持ちでアデルの背中を引き寄せ、額にちゅっと口づけた。

「なんてサプライズだ。まんまと驚かされたよ——こんな素晴らしい誕生日は生まれて初めてだ」

アデルは恥ずかしげに微笑んだ。

「屋敷の者たちで、こっそり毎日歌の練習をしたのよ。みんな忙しいのに参加してくれて。このお屋敷に戻ってこられて、ほんとうによかったわ」

使用人たちも照れくさそうだが、誇らしげにしている。

そこへ、ダグラスがもうひとつ赤い薔薇の花束を抱えて進み出た。

「奥さま——これをどうぞ」

「え？　私に？」

アデルはきょとんとして花束を受け取る。

すると、ダグラスはさっと使用人たちに手を振り上げた。

「結婚おめでとう　おめでとう　いとうるわしき花嫁よ」

使用人たちが別の歌を歌い始めた。

「神の祝福　愛の光　降り注げ花嫁に」

アデルは息を呑んで彼らの歌を聞いていた。

祝婚歌だ。

もちろんこんな歌を練習した覚えはない。

ダグラスを先頭に、使用人たちが歌いながらアデルとローレンスの周りを丸く取り囲み、さらに声を張り上げた。

「愛の光降り注ぎ　とこしえに幸あらんことを　麗しき花嫁に」

聞いているうちに、アデルはあまりの喜びに嬉し涙が溢れてくる。

歌い終わると、ダグラスが恭しく頭を下げた。

「奥さま、本日は奥さまがこのブレア家に初めておいでになって、ちょうど半年でございます。我々使用人一同からの、ささやかなサプライズとお祝いをさせていただきました」

「あなたたち……！」

アデルは感動して声が詰まった。

ローレンスがそっと腰を抱いて支えてくれる。

「これは——驚かすつもりが、すっかり驚かされてしまったようだね。みんな、ありがとう。これからも、私の妻を支えてやってほしい」

使用人たちは一斉に頭を下げた。

アデルは涙目でローレンスを見上げ、微笑む。

「私、とても幸せだわ。旦那さま、幸せすぎて怖いくらい」

ローレンスは愛情のこもった眼差しで嬉し泣きするアデルを見つめ、いつもの自信にあふれた口調で言う。

「なにを言う。これからもっともっと幸せにしてやる。これくらいで泣いていては、涙がいくらあっても足りないぞ」

「ふふっ、はい」

アデルは泣き笑いして答えた。

そして、どちらからともなく顔を寄せ合い、気持ちを込めた口づけを交わした。

「さあさあ、ご主人さま、奥さま、食卓へどうぞ。今夜はご主人さまのお好きなメニューばかり用意しましたよ」

ダグラスの声を合図にしたかのように、使用人たちはさっとそれぞれの持ち場へ立ち去った。

アデルはローレンスの腕を取り、食卓へ導く。

「バースデーケーキは私が焼いたのよ――お口に合うといいけれど」

「君の作ってくれるものは、なんでも美味しいに決まってるさ」

アデルはぽっと頬を染め、今日の日を死ぬまで忘れないだろうと思った。

絶望と歓喜が交互に襲ってきて、めまぐるしかったこの日。

バーネット家の家族との絆(きずな)を取り戻した日。

愛するローレンスと気持ちを確かめ合った日。

使用人たちからの溢れるほどの敬意を受け取った日。

（なにもかも、覚えておこう。嘘も偽りもない、ほんとうの愛に溢れた私の人生が始まったのだわ……）

アデルは強く自分の胸に言いきかせるのだった。


その晩。

豪華な誕生日の晩餐を済ませたローレンスとアデルの二人は、夫婦の寝室のベッドに座り寄り添っていた。

極上のワインを嗜み少しほろ酔いになったアデルは、ローレンスに身をもたせかけてひたひたと押し寄せる幸せに酔いしれていた。

ローレンスも同じ気持ちなのか、無言のまま優しく彼女の肩を抱き寄せている。

彼の胸の穏やかな鼓動を聞いているだけで安心感に包まれ、身体が熱くなってくる。

下腹部に妖しい劣情を感じ、アデルははしたない自分を恥じ、わずかに身を引いた。

「あ――旦那さま、私、お先にお風呂を使わせていただきますから」

「いや、だめだ」

アデルは慌てて言い直した。

「で、では、旦那さまがお先にどうぞ」

ローレンスが含み笑いする。

「そうじゃない、一緒に入りませんか、だろう？」

アデルは顔から火が出そうだった。

閨（ねや）では数え切れないほど裸を晒（さら）しているが、それは睦事だからできることで、平常心で明るい浴室に一緒に入るなどしたことはなかった。

「い、いえ、結構です。私はやっぱり後で……」

「なんだ今さら、遠慮するな。夫婦じゃないか」

「え、遠慮とかではなくて……」

しどろもどろになると、ローレンスがくすりと笑いを漏らし、仕方ないというふうに言う。

「それじゃあ、せめて背中を流してくれるかな？　誕生日だし、それくらいはいいだろう？」

アデルはそれくらいなら、と頷いた。

「はい――」

「よし、決まりだ」

ローレンスはそう言うと、アデルの手首を掴（つか）んで浴室へ向かう。

脱衣所で、さっさと服を脱ぎ始めたローレンスに、アデルは視線を逸らしていた。先に浴室に入ったローレンスが、中からよく響く声をかけてくる。

「ほら、おいで」

アデルは仕方なく、部屋着の袖と裾を捲り上げて浴室に入った。

青と白のタイルの床と真っ白な大理石の壁のモダンな造りの浴室の、金張りの大きな浴槽の中で、ローレンスが長々と足を伸ばして湯に浸かっていた。

引き締まった肉体をリラックスさせてゆったりしている姿は、さながら古代の王様のような風格があり、アデルは少し見とれてしまった。しかし、彼の股間に息づく欲望がすでに昂ぶって反り返りつつあるのを目にすると、恥ずかしくて慌てて顔を背けた。

アデルは棚の上の海綿を手に取ると、薔薇の香りの石鹸をたっぷり泡立て、ローレンスに近づく。

「旦那さま、お流ししますから、背中を向けてください」

するとローレンスはいきなりアデルの腰を抱き上げ、そのままざぶんと浴槽に沈めてしまったのだ。

「きゃあっ」

部屋着がずぶ濡れになってしまう。

「おっと、手が滑ったか。びしょびしょにしてしまったな。濡れた服では気持ち悪いだろう、脱いでしまえ」

そう言いながら、ローレンスはアデルを自分の方に向かせると、強引に濡れた部屋着のボタンを外し脱がせにかかる。

「あっ、やめて……」

うろたえているうちに、ローレンスは手際よく部屋着を剥いで、床にぽいぽいと投げ捨てた。

一糸まとわぬ姿に剥かれてしまい、アデルは両手で胸元を覆ってうつむく。

「や……ずるいです」

「なにがだね？」

「初めから、こういうおつもりだったのね」

ローレンスはしれっと言う。

「誕生日じゃないか」

アデルは頬を染めて言い返す。

「た、誕生日ならなにをしてもいいんですか」

ローレンスは両手を挙げて頭の後ろに回し、浴槽に寝そべるような姿勢になる。

「なにもしないよ、誓うから。洗ってくれ」

「もうっ……」

アデルが仕方なく、浴槽に取り落としてしまった海綿と石鹸を手に取ろうとすると、ローレンスが平然と言う。

「君の身体で洗っておくれ」

「えっ？」

アデルは今度こそ困惑してしまう。

「君の身体にシャボンをつけて、それで擦ってほしいな」

アデルは羞恥で全身がピンク色に染まってしまう。

「そんな──」

「してほしい」

ローレンスは金色に近いヘーゼルの瞳で、甘えるように見つめてくる。美しいネコ科の獣のようだ。

「ずるいわ……そんな顔して」

心臓がどきどきしてしまう。

アデルは自分の身体に石鹸を塗りたくり、泡立てた。

そして、おずおずとローレンスの身体に自分の身体を押し付ける。

ふくよかな胸が、ローレンスの引き締まった胸板でつるんと滑る。

彼の肩に手を置いて、そのままぎこちなく身体を擦り付けた。

「こ、こんな感じでいい？」

自信なげに尋ねると、ローレンスが心地よさげに目を眇め、ため息をついた。

「ああそうだ——とても気持ちいいよ」

彼が心から寛いでいる様子なのに勇気を得て、アデルは身体を押し付けるようにして上下左右に身体を揺らした。

「ん……」

泡で滑る乳房が、ローレンスの胸板で自在に形を変え、乳首がぬるぬると擦れる。

それがなんだか卑猥で、次第にはしたない気持ちになってくる。

「……ん、んん……」

アデルの鼻声に甘さが混じってきたのに気が付いたのか、ローレンスがそっと目を開け、アデルの様子をじっと見た。

「ん？　乳首が勃っているみたいだぞ。どうした？　感じてきたか？」

その低いバリトンの声に、かあっと全身が熱くなってしまい、動きを止めてしまう。

「ち、違います……っ」

「なら、もっと続けて」

アデルは仕方なく身体を擦り付け始めるが、どう動いても乳房が刺激されてしまい、泡立つシャボンがくちゅくちゅ音を立てるのもなんだか嫌らしくて、淫らな気持ちが増幅されてしまう。

「ん、ふ、ふぅ……」

甘ったるい声を漏らすまいと唇を引き締めると、逆に悩ましい鼻息の音が際立ってしまい、それが恥ずかしくてならない。

しかも、身体を上下に滑らすと、さらに漲りを増したローレンスの剛直の先端が、ごつごつと股間に当たってしきりに刺激してくるのだ。

「あ……も……もう、いいですか？」

そろそろと腰を引こうとするとすかさず、

「まだまだ。私がいいと言うまで、存分に洗ってくれ」

と、ダメを出される。

「そ、そんな……」

乱れた表情をローレンスに見られるのが恥ずかしくて、両手を彼の背中に回し、顔を彼の頬に押し付けた。だが、そうやって密着度が増すと、さらに硬いカリ首が秘裂をぬるぬると掠(かす)めてしまう。

「うぅ……ん、あぁ、あ……ん」

灼熱の先端が陰唇を行き来するだけで、腰が蕩けてくる。

「なんだか、腰がくねっているね」

耳元で囁くローレンスの声が、息でかすかに乱れている。その色っぽい声にすら、じんと感じてしまい、媚肉の奥がひくんと疼いた。

「ふ……ぁ、あ、だめ……旦那さま……」

劣情に火が着いてしまい、勝手に花弁がわななき、秘玉が充血して膨れてしまう。

ぬるりとした愛液が溢れてきて、もっと奥まで擦りたてたい欲望にかられる。

「どうした？　私は約束通り、なにもしていないよ」

ローレンスがからかい気味に言うのも、もはや否定することもできない。

「……ん、んん、意地悪……」

アデルの状態をわかっていて、そ知らぬふりをするのが憎たらしい。

「腰を、もっと落としてごらん」

耳元で卑猥に誘導され、アデルは背中がぞくりとした。

「んん……ん」

言われるまま腰を深く上下に振ると、灼熱の先端が陰唇を割って、疼く媚肉の浅瀬を擦りたてる。それにひりひりするくらい感じてしまい、アデルは腰の動きを止められなくなる。

「は……ん、んん、んぅ……あぁん」

勝手に腰のうねりがいやらしいものになり、硬い亀頭の先から脈打つ肉胴まで、秘裂が満遍なく行き来する。

「や……も……あ、ぁあ、あ」

子宮の奥がずきずき疼き、もっと奥まで深く埋めて欲しいと、アデルを煽ってくる。

頭がかっかと火照るのは、湯あたりのせいか淫らに欲情したせいか、わからなくなる。

「ん？　私が欲しくなったか？」

ローレンスの唇が、撫でるように耳元から頬を滑る。

そのわずかな刺激にすら、いつもより倍も感じてしまうようだ。

「はぁ、も、許して……堪忍してください……」

これ以上刺激的な動きを続けたら、もっとはしたない行為に走りそうで、アデルは首をいやいやと振って、懇願した。

「もうやめてもいいのだよ——それとも」

ふいにローレンスが、下から腰をずんと突き上げた。

「もっと、欲しい？」

びくつく亀頭が、一瞬ぬるりと媚肉に滑り込み、すぐ抜け出ていった。

「ああっ、あ、あぁあ」

その瞬時の動きだけで、アデルは軽く達しそうになる。

ひくひくと腰を震わせ、必死に耐えた。

「や……め、だめ……」

アデルは息を弾ませ、涙目になってローレンスを見つめた。

「どうか——旦那さま……」

奥に欲しくて堪らない。でも、自分から求めるのが恥ずかしい。

ローレンスはわかっているくせに、後ろ手を解こうとしない。

「私はなにもしないと言ったろう？　でも、君が好きにするのは、止めはしないよ」

そう煽りつつ、彼はゆるゆると腰を上下に動かす。

「あっ、あ、あぁ」

先端で浅瀬を意地悪く突つかれ、アデルは膣襞が物欲しげにうねって自分を追いつめてくるのを感じた。

「ずるい……」

恨めしげに睨むと、ローレンスが余裕の笑みを浮かべる。

「誕生日だからね」

「もうっ、関係ないじゃないですか……っ」

アデルはついに我慢できなくなり、そろそろと腰を落とした。

「ん、んんぅ、ん」

湯とシャボンでぬめりが増し、蜜口から熱い肉塊がつるんという感じで押し入ってきた。

「あ、は、はぁ、あ、挿入って……あぁっ」

濡れ襞が待ち焦がれていたようにざわめき、さらに奥へ奥へと剛直を引き込んだ。

「ふぁ、あ、あぁあ」

熱い亀頭の先端が最奥まで届くと、満たされた悦びに膣壁全体がきゅーんと締まった。

「っ――アデル」

ローレンスが思わずといったふうに、悩ましい呻き声を漏らす。

「あぁあ、あ、当たる……奥に……っ」

子宮口を押し上げられ、アデルは四肢まで甘く痺れた。

全部呑み込んで、くたりとローレンスの身体に身をあずけると、彼が艶っぽく囁く。

「君の好きにして、いいんだよ」

「ふ……ぁ、はい」

しゃぶり尽くすようにローレンスの猛りを受け入れてしまうと、もはや羞恥心より情欲の方が勝ってしまった。

「は、ん、んん、んぅ」

おぼつかなげに腰を上下に振りたてる。

初めはおずおずと動いていたが、次第に自分の感じやすい部分がわかってきて、腰の動きが猥りがましくなる。

「あぁ、はぁ、あ、あぁ、あぁん」

肉棒を深く呑み込むたびに、膣口が勝手にきゅっきゅっと収縮し、さらに快感を引き出そうとする。

「っ——アデル、すごいね」

ローレンスが心地よさげに息を吐く。

彼も気持ちよくなっているのだと思うと、アデルの腰の動きはさらに大胆になってくる。

「はぁ、あ、あぁ、ん、あ、感じる……あぁ」

前後に腰を滑らせて鋭敏な花芯を刺激し、深く屹立を咥え込んだまま上下に身体を揺さぶると、蕩けるような悦楽が全身を駆け巡り、頭が朦朧（もうろう）としてしまう。

「あぁ、旦那さま、すごく悦くて……あぁ、いいの……」

感極まって、ローレンスの頬や耳朶に舌を這わせ、最後には唇を求めた。

「アデル――」

待っていたとばかりに、ローレンスもアデルの唇にむしゃぶりつく。

「んんっ、ふ、ふぁ、んんぅ……」

深く舌と舌を絡め唾液を啜り上げながら、アデルは夢中になって腰をのたうたせた。

だが、まだ足りない。

もっともっと、強く深く穿って欲しくて――。

「あ、あぁ、旦那さま……お願い……どうか……旦那さまも……来て」

熱い口づけの合間に、アデルは悩ましい眼差しでローレンスに訴える。

「いいのか？　何もしないと約束したろう？」

ローレンスの腰がうずうずしているのがありありとわかり、アデルはもどかしげに彼の首筋や肩口を甘く噛んだ。

「いいの、欲しいの、旦那さまが欲しいの。突いて、思い切り突いてほしいの」

ローレンスが後ろ手を解いた。

「そこまでおねだりされたら、ご期待に添わねばな」

彼はアデルの細腰をきつく抱きかかえ、いきなりがつがつと腰を下から打ち付けてきた。

「あきゃぁあ、あ、あああぁっ」

瞬時に達してしまい、アデルは甲高い嬌声を上げてしまう。

「あああ、すごい……も、ああぁっ」

ローレンスは我慢の限界だったらしく、これ以上はないという勢いでアデルを揺さぶった。

ばしゃばしゃと浴槽の湯が派手に飛び散る。

「はぁあ、あ、ああ、あ、すごい、ああぁ、すごくて……っ」

激しい衝撃が子宮口に打ち当たるたび、アデルの瞼の裏にばちばちと歓喜の火花が飛び散る。

「あ、また達く……あぁ、また……あぁ、やぁぁあっ」

瞬く間に絶頂の間隔が短くなり、やがて真っ白な忘我の法悦に達きっぱなしになり、アデルは悶え泣く。

ローレンスの首に力任せに縋りつき、首筋に齧り付くように顔を埋めてよがった。

「好き……愛しています、ああ、愛してます……っ」

アデルが唇をわななかせて、絶頂に喘ぐと、

「私も、愛している――アデル」

ローレンスもうねる肉壺を壊れんばかりに責めたてた。

次の瞬間、アデルの柔襞がきゅうきゅうと熱い収斂を繰り返した。

「アデルっ」

ローレンスが一声唸り、荒々しい吐息と共に白濁の迸りを弾けさす。

「ん、んんぅ、は、はぁああ、あ、あああぁっ」

びくんびくんとアデルの腰が痙攣し、体内の奥深くに愛する人の脈動を感じながら、意識が遠のく。

愛する人ときつく繋がったまま、愉悦の中にひとつに溶けていく。

湯気の渦巻く浴室の中に、重なり合う二人の呼吸音だけが響いていた。

エピローグ

秋の領地の畑は、いちめん黄金色に染まっていた。

春蒔きの小麦が実り、刈り入れどきを待っている。

「今年はどこも豊作だな。去年の悪天候が嘘のように、よい天気に恵まれた」

ローレンスは馬車の窓からえんえん続く小麦の畑を眺めながらつぶやいた。

「ほんとうによかったわ。麦の穂先が夕日に照り映えて、なんて美しい風景でしょう」

アデルは景色に見とれてうっとりとつぶやいた。

彼女のすべすべした白い頬も、夕日色に赤く染まっている。

その横顔を、ローレンスが愛(いと)おしげに見つめてきた。

「もうすぐ到着だ。疲れていないか？」

アデルは首を振る。

「いいえ、またトムたちに会えると思うと、待ちきれなくてわくわくしているの」

「村の者たちに会うのも一年ぶりか。トムも成長したかな」

そんな会話をしているうちに、馬車は領地の別荘にたどり着く。

別荘の前には、すでに管理人夫婦と村人たちがアデルたちを出迎えようと並んでいた。

先にローレンスが馬車を降り、彼の手を借りてアデルが現れると、村人たちから歓迎の言葉が次々とかけられる。

「ようこそ、ご領主さま」

「ようこそ、奥方さま」

ローレンスはアデルと腕を組み、威風堂々と言葉を述べた。

「我が領地も、今年は大豊作でたいへんめでたい。これもひとえに、皆々の努力の賜物(たまもの)だ。秋の収穫祭は大々的に執り行おう」

人々から歓声が上がる。

「奥方さま、待ってたよ」

花束を抱えたトムが、前に進み出る。

「まあ、トム。あなたったら、ずいぶん背が伸びて」

ひとまわり大きくなったトムの姿に、アデルは声を上げた。

「そらそうさ。おれ、お兄ちゃんになったんだもん」

得意そうなトムの声に、背後からトムの母親が叱りつけた。

「これトム！　言葉遣いに気をつけなさい」

彼女の腕には、丸々とした赤ん坊が抱かれていた。

「ああ、おかみさん、赤ちゃんが産まれたのね！」

アデルは感激して、思わずトムの母に近寄った。

おかみさんが恥ずかしげに赤ん坊を見せる。

「なんてぷくぷくして、可愛いの。おめでとう！」

アデルは愛おしげに目を眇めた。

「奥方さまにも、早くお子が授かりますように」

おかみさんが優しく言葉を返す。

ふいにローレンスが後ろからアデルに声をかけた。

「アデル、今日はもう休もう。明日から、一緒に領地を見回ればいい」

「はい」

村人たちはうやうやしくその場を辞去していった。

ローレンスはアデルの腰に腕を回し、別荘の管理人夫婦に、

「私たちは少しこの辺りを散歩してくる。夕食は早めに頼む」

と言い付けると、ゆっくりと歩き出した。

アデルはローレンスに寄り添って、まだ夕焼けの名残でほんのり茜色に染まっている小麦畑を見渡した。

「すみません、旦那さま、気を遣っていただいて……」

アデルはぽつりとつぶやいた。

ローレンスは黄昏の風景に目を奪われているように、地平の彼方を眺めたまま答える。

「ん？　なんのことだ？」

アデルは少しうつむき加減になる。

「トムのおかみさんの赤ちゃんのことで——」

アデルのひそかな気がかりは、結婚して一年以上過ぎたのに、自分にまだ子どもが恵まれないことだった。

ローレンスは、アデルの気持ちを思いやり、おかみさんとの会話をさりげなく打ち切ったのだろう。

「別に——なにも気にしてなどいないよ、私は」

ローレンスはぎゅっとアデルの身体を引き寄せた。

「アデル、見てごらん。この美しい豊穣な土地を」

ローレンスが地平を指さす。

「こんな実り豊かな風景だが、去年は大嵐や天候不良で、農作物はひどい不作だった。そういうことだ。天の恵みだけは、神さまにお任せするしかない。私は、そう思っているんだ」

アデルはローレンスの思いやり深い言葉に、胸が感動でじんとした。

「旦那さま、愛しています」

ローレンスの胸に顔を埋め、甘えるようにつぶやく。

「私も愛しているよ」

ローレンスが肩を抱きしめ、髪や額に口づけを落としてくれる。

やがて唇に掠（かす）めるような口づけに変わり、アデルは顔を仰向（あおむ）けてそれを受けた。

「ん……ふ、んん」

互いの唇を撫（な）で回（まわ）し、少しずつ唇が開いていく。

「あ……んんっ」

舌と舌が触れ合いちろちろと先端を弾くと、アデルの背筋に甘い痺れが走る。思わず身を引こうとした瞬間、ちゅうっと強く吸い上げらる。

「……く、ふぅ、んんぅ」

魂まで吸い込まれそうな深く強い口づけに、アデルはすっかり骨抜きになってしまう。

腰が砕けそうになってしまい、必死でローレンスの上着にしがみつき、口づけを甘受する。

長い長い口づけが終わると、アデルはローレンスの腕の中に囲われて、ぐったり身をあずけていた。

「さて、そろそろ別荘に戻ろう。きっと、新鮮な野菜と森の獲物をふんだんに使った美味しい料理が待っているだろう」

「そうね。とても楽しみだわ」

二人は微笑みあって帰り道をたどった。

管理人夫婦の心づくしの夕食を心ゆくまで堪能し、旅の疲れもあって、夫婦は早めに寝室に引き上げた。

アデルがネグリジェに着替えてベッドに行くと、先に寝床に入って本を読んで待っていたローレンスが、自分の脇を空けた。

「おいで」

「はい」

ローレンスの片手がネグリジェの上からゆっくり乳房を揉みしだいてくる。

「ん……ぁ……」

巧みな指が、感じやすい乳首を挟み込んで撫でさすると、じわっとむず痒い疼きがそこから下腹部へ走る。

「あ、旦那さま……」

身を寄せて、彼の愛撫を受けて体温が上がってくる。

うっとり目を閉じて、全身に広がっていく快感を味わった。

「ん、あぁ、あ……」

あまりに心地よいせいか、うつらうつらとしてしまった。

突然、がくりと深い眠りに落ちそうになり、慌てて顔を起こすと、ローレンスが愛しげに見下ろしている。

「よほど、疲れてしまったようだね」

アデルは赤面する。

「ご、ごめんなさい。こんな……途中で居眠りなんて……この頃、なんだかすぐ眠くなってしまうの」

ローレンスがゆったりと首を振り、愛撫する手を外してアデルの肩まで上掛けを引き上げた。

「いいよ。今夜は私も少し疲れた。早く休もう」

「すみません」

ローレンスがサイドテーブルの上のランプの灯りを落とそうと、手を伸ばした時だ。

「っ——？」

ランプに目をやっていたアデルは、不意に激しい眩暈と吐き気に襲われた。

「う……っ」

口元を押さえ、慌てて起き上がった。

「アデル⁉」

背中を丸めて嘔吐きを堪えているアデルの背中を、ローレンスがさすった。

「どうした？　大丈夫か？　気分が悪いのか？」

アデルは深呼吸を何度も繰り返し、しきりに唾を呑み込んだ。

徐々に吐き気はおさまり、眩暈も引いていく。

「もう、平気です……きっと、夕食の兎のパイが美味しかったので、食べ過ぎてしまったせいだと思います。最近、すぐお腹が空くから、つい食べ過ぎてしまうの。気をつけます」

アデルが笑みを作ろうとすると、ローレンスが真剣な表情でじっとこちらを見ている。

「アデル、ひとつ聞いてもいいか？」

「はい、なんでしょう？」

ローレンスはひとつ咳払いをしてから、小声で尋ねる。

「その——君の月のものだが——順調かね？」

「え？」

アデルは質問の意味がわからず、首を傾ける。

「そんな、もちろん――」

記憶を探ってから、はっと顔を上げる。

「あっ――そういえば、もうふた月、来ていません」

ローレンスとアデルは、意味深な視線を絡めた。

「えっ……旦那さま、これって、もしかして……」

「もしかして――」

二人同時に、目が輝く。

「そうなのでしょうか？　私に……赤ちゃん……？」

アデルはにわかに心臓がどきどきしだした。

ローレンスは興奮を抑えきれない声を出す。

「ああ、そうだ、きっとそうだ――待ちに待った、私たちの子どもが――」

アデルは隠しきれない喜びに声を震わせながらも、なるだけ慎重に言った。

「でも、でも……まだ、もしかしたら、ですから」

「明日朝一番に、村の医師に診てもらおう。ああ、待ちきれない。わくわくするぞ」

ローレンスはぎゅうっとアデルを抱きしめてから、慌てて気がついたように力を抜き、小鳥を包むような柔らかさで腕で囲う。

「アデル、アデル、よくやった――ありがとう」

ローレンスが感動に打ち震えたような声でささやき、こつんとアデルの額に自分の額を押し付けた。

「この私が、人の親になる日が来ようとは――こんなにも幸せで満ち足りた気持ちになろうとは――ああ、夢のようだ」

「旦那さま……」

アデルも胸がいっぱいになり、ローレンスの頭を優しく抱えた。

「嬉(うれ)しい、嬉しいです。ずっとずっと、旦那さまの子どもが欲しかったの。私こそ、夢をかなえてもらえて、感謝します」

「アデル」

ローレンスが顔を上げた。

彼の金色の瞳に光るものがあった。

「愛している」

「嬉しい、旦那さま、私も愛しています」

二人はちゅっと唇を合わせる。
それから見つめ合い、くすくす忍び笑いし、再び啄むような口づけをする。
幸せを分かち合うように、何度も何度も口づけを繰り返す。
アデルはいつの間にか嬉し涙を流していた。
口づけがちょっぴり塩辛いものになる。
（ああ、この口づけの味も、きっと一生忘れないわ）
別荘の外では、降るような満天の星空に、月が昇っている。
煌々と光る満月は、明日もきっと快晴であると告げていた。

あとがき

皆さん、こんにちは。すずね凜です。

今回のお話は、身代わりものです。

お互い、ほぼ初対面で結婚することになるふたりが、結婚後にどう心を通わせ、愛し合っていくか、というのが見所です。

ヒロインがとっても健気で一生懸命で、自分で書いていていてせつなくて、「がんばれ、がんばれヒロイン」って、心の中で応援していました。

頑ななヒーローの心を、ヒロインがどうやって溶かし愛情に変えていくか。

ちょっとネタバレ気味ですが、私はふたりが厨房でケーキを作るシーンがとても好きです。

さてさて、今回は少し後書きスペースが長いのです。

どうしようかな、と考えて、このお話がほぼお見合い結婚みたいなものなので、お見合い結婚について書いてみようかな、と思います。

言っても、私はお見合い結婚経験がないので、両親の話になりますが。

もはや半世紀も前の時代になります。

母は茨城の大金持ちの娘で、乳母日傘（おんばひがさ、と読みます。ちやほやされながら大切に育てられるという意味です）で育ちました。

当時の人としてはすらりとして背の高かった母は、東京に行ってモデルの仕事に就きたかったそうです。しかし、昔気質の祖父は頑固でワンマン。女が都会に出て仕事を持つなんてもってのほか、嫁に行くことこそ義務である、みたいな考えでした。母は祖父の猛反対で、夢を泣く泣く諦めました。

で、母は短大卒業後、お見合いをばんばんさせられることになります。

その中で、父を選んだ唯一の理由が、

「東京に家がある社長さんだから」

でした。

金はあるが古臭い考えの家から逃れたくて、とにかく憧れの東京に住みたい、その一心で父との結婚を決めたそうです。

すごいですね、理由が。

でも、当時の女性はあんまり深い理由も考えず、女性は年頃になれば結婚するものである、と思っていたのです。

で、母は父と結婚し、憧れの東京生活を始めます。

父は母に現金の入った封筒を渡します。

「これで当座の生活費にしろ」

お金持ちのお嬢さんの母は、お小遣いかな、と思って、二、三日で使ってしまったのです。

それで、数日後、

「お金がないので、ください」

と、父に言ったら、目を丸くされたそうです。父としてはひと月分の生活費のつもりだったようです。

そして、結婚してひと月後のことです。父が、

「おい、大家さんに家賃を払ってきてくれ」

と言うと、母はぽかんとしました。

「え？　家賃、てなあに？」

父もぽかんとします。

「何言ってる。この家の借り賃だ」

母はすっとんきょうな声をあげました。

「えっ？　家って、みんな持っているものじゃあないの？」

お金持ちのお嬢様の母は、人はみんな最初から持ち家があると信じて疑わなかったのです。

片や父の方は、母子家庭で貧乏で苦労して育った人でした。一円稼ぐのがどれほど大変か、身にしみている人でした。

結婚して初めて、お互いに、

「これはとんでもない相手と結婚したかも」

と、思ったそうです。

今なら結婚する前に、じっくり互いのことを見極めるのが当たり前でしょうが、なんというか、こうやって後から互いのことを知っていく結婚というのも、それなりに新鮮ではないか、と感じます。

というか、ひと昔前の夫婦って、わりとこんな感じでわけのわからないうちに結婚しても、まあどうにかこうにかやっていったものでした。

私が書いているヒストリカルな乙女系小説は、昔の時代設定ゆえに、結ばれてからのち互いのことを知っていく、という流れが多いです。ので、両親の結婚は乙女系ほどの愛やロマンスにあふれているわけではないのですが、近いものはある気がします。

その後、両親の結婚生活は、波乱万丈になります。

長女として生まれた私は、両親の結婚歴史の目撃者となるわけです。

まあ、その後の話は、機会があればまた――。


さて、今回も編集さんには大変お世話になりました。

そして、イラストが憧れのＣｉｅｌ先生でものすごく光栄です。ヒーローが色っぽくて格好良く、ヒロインがこの上なく可愛らしくて、大満足です。

そしてなにより、読んでくださったあなた様に、心からの感謝です。

これからも、いっぱいの愛とロマンスを！

すずね凜

蜜猫文庫をお買い上げいただきありがとうございます。
この作品を読んでのご意見・ご感想をお聞かせください。
あて先は下記の通りです。

〒102-0072　東京都千代田区飯田橋 2-7-3
(株)竹書房　蜜猫文庫編集部
すずね凜先生 /Ciel 先生

身代わりの新妻は伯爵の手で甘く囀る

2017 年 3 月 1 日　初版第 1 刷発行
著　者　すずね凜
発行者　後藤明信
発行所　株式会社竹書房
〒102-0072 東京都千代田区飯田橋 2-7-3
電話　03(3264)1576(代表)
03(3234)6245(編集部)
デザイン　antenna
印刷所　中央精版印刷株式会社

Printed in JAPAN
ISBN978-4-8019-1003-4　C0193

幼い頃から憧れていた美しく凛々しい皇帝レオポルドに見初められ、側室に召し上げられたシャトレーヌ。獅子皇帝と呼ばれ気性が荒いことで有名な皇帝は年より幼く見える彼女を、マ・シャトン（私の子猫）と呼んで舐めるように溺愛する。「これで――お前はほんとうに私のものだ」逞しい彼に真っ白な身体を開かれ、毎日のように愛されて覚える最高の悦び。さらにレオポルドはシャトレーヌを唯一人の正妃にすると言いだして――!?

意地悪王×ツンデレ王妃

両国の安定のため、幼い頃意地悪をされたアルランド国王オズワルドとの結婚を決めたクリスティーナ。再会した彼は逞しい美丈夫に成長していたが、昔されたことや、皮肉っぽい態度にとても素直になれない。迷いつつ迎えた初夜、情熱的な愛撫でクリスティーナを翻弄するオズワルド。「すぐに君から私を欲しいとねだるようにさせるさ」からかいながらも甘く求めてくる彼に、悔しく思いつつときめいてしまうクリスティーナは⁉